語言文字叢書

從漢藏比較論上古漢語內部構擬

黃金文 著

目次

自序

我的專業在歷史語言學、音變理論、漢語方言，博士論文處理的是跨界方言的語言接觸與語言層疊積的問題，最近這些年則是從漢藏比較語言學的角度研究上古漢語。以漢、藏比較為出發點，除了要顧及音韻系統及其語音變化外，還得處理句法與構詞。理由是書面藏語有著格位虛詞等標記，與大量的動詞形態如三時一式或使動、名謂等變化，而且沒有我們熟悉的聲調。換句話說，有著與句法或構詞密切相關的形態音韻。也許這些正是上古漢語的真實樣貌，而這些也非得經由藏文，再於古漢語裡利用特殊的辦法才看得著的真相。在幾位院士的研究基礎上，我們得以展望未來。因為有著前輩學者的勤勉耕耘，我們的研究才有立基點。但若過去的方法，無法解答某些關鍵性的問題，那麼我們勢必得回頭檢視。這是老師的教導。所以幾年來我反覆再三讀著龔老師的書，又將歷史語言學方法洗過幾遍，而得到了一些想法。本書主要即呈現部份的研究成果。

如果說今天得以有那麼一丁點成果，那都要感謝我已故的老師龔煌城院士。而如果文章有疏失，那麼我懇切地盼望讀者、攜手相從的前輩師長、朋友能給予指導糾正。各位知道目前「漢藏比較」與「上古漢語」正處於斷層邊緣。所以我願意也斗膽地將自我生命當做學術的環節，當成對老師的回報。此刻我深切體悟到「攜手相從」是多麼重要的事。感恩曾在不同階段以種種形式滋養我學術生命的龔煌城院士、丁邦新院士、梅祖麟院士、何大安院士、梅廣教授、鄭再發教授、竺家寧教授、楊秀芳教授、林英津教授、江文瑜教授、蔡清元教授、曾進興教授、連金發教授、姚榮松教授、洪惟仁教授、張光宇教授、徐芳敏教授、平田昌司教授、林慶勳教授、董忠司教授、已故的孔仲溫教授及各研討會或學報的專業審查與評論人。感謝所有曾經給予寶貴建議的前輩專家。當然還有私淑而獲益甚多的李方桂院士、趙元任院士、王士元院士、董同龢教授、雅洪托夫教授、橋本萬太郎教授、太田辰夫教授……等許許多多文章，這是我何以得此面貌的形塑來由，感謝。著書立說，真的是作著期待來者的事業。

在此我也要感謝國立暨南國際大學，張進福校長、許和鈞校長、蘇玉龍校長，給予的安頓與關心；人文學院黃源協院長、莊宗憲秘書給予的關照；中國語文學系所范長華主任、楊玉成主任、王學玲主任、高大威主任與各位好同事，給予的自由與支持；校內各長官如蕭文副校長、劉一中主秘、江大樹主秘、陳建良主秘、林士彥主秘、尹邦嚴研發長、陳彥錚副學務長和魏伯特主任，給予的協助；及秋瑛姐、姑媽咪、月華姐、瑞娥姐、美菊姐、玉珠、鳳女、佩珊、春桃、麗婷等好姊妹，所給予的無數支援。這一路走來，著實不易啊。能遇到各位，是我的幸福，感謝大家。

我喜歡研究，也喜歡教學。研究需要沉靜的心靈，而教學則有一種獨特的生命力。「禮失求諸野」，是我對自己的期待，所以堅持著。我在開設學、碩、博班課程間，教學相長，而且常有莫大的感動。細數我這十數年間曾開的課程（中國語文通論、聲韻學、語言學概論、公益服務、文獻語料、獨立研究－語文組、中國語文學史、語言調查與分析、語言接觸專題討論、閩方言音韻專題、歷史語言學、歷史語言學專題討論、構詞學、網路用語與文化差異專題、上古音與構詞、漢語研究與典範轉移、詞彙化與語言變化、中國語歷史文法等），可以看到自己的學思脈絡，及學術的進程。更棒的是，我因此真的教出好學生，還不止優秀而已。而除了語言學專業的問題外，同學總對我的生命歷程及公益服務感到好奇。於是私下、個別的生命互動就這麼展開。我也樂意與他們分享我的遭遇、轉折、想法，有意思的是在這個過程裏，我自己也在反思，對自己的生命進行觀照。經由此歷程，我竟然將這些年的閱讀與實踐統整起來，這是我意想不到的。研究、教學、公益原來是一整體，真是美好啊！

感謝龔師母的溫柔慈祥，其實我們是在互相陪伴，您的溫暖是我的動力。終有一天，回憶過往會滿是甜蜜幸福。感謝萬卷樓出版社陳滿銘教授、張晏瑞副總編輯、吳家嘉小姐的鼎力協助，萬卷樓由上而下，滿是書卷氣，實在是練功的好地方。最後，要感謝我心愛的家人的無限包容，如果沒有你們，不會有我。人身難得，感恩有這一切的因緣聚合。

一本書能夠完成，要感謝的人實在太多了，就謝天吧。

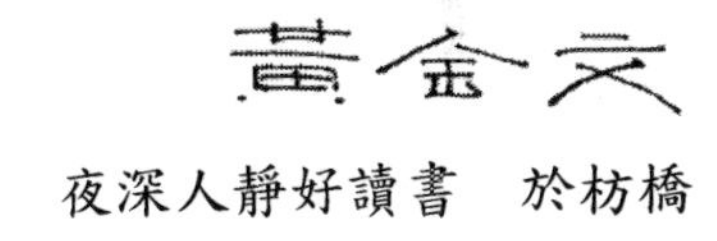

夜深人靜好讀書　於枋橋

第一章
從方法論看原始漢藏語的構擬

1.1 「方法論」的辯證

「歷史語言學」有兩個重要的方法：（一）「語言比較」。（二）「內部構擬」。這兩個途徑多半互為表裡，互為補足。原因很簡單，「取材」不同。前者「語言比較」取得是同族語言的規律對當，以求其「共同祖語」；而後者「內部構擬」取得是某個特定語言中的構詞音韻、或音韻變遷而遺留下的空缺等，以求該語言的原始面貌，進而為「共同祖語」構擬的基石。兩者的目標一致，但取徑不一。仔細說來，漢語這端的挑戰性大一些，原因是漢字為「非表音文字」。有著「文字」的幫助，是「助益」也是「阻力」。藏緬語裡有著豐富而複雜的構詞形態變化，其形態特徵由該語言的「表音文字」即可得知，但漢語卻因著非表音文字使得形態的辨識難度增加。更別提漢語還有聲調，這使得「原始漢藏語」的構擬非常困難。

本書基於此，有自覺地嘗試對「漢語音韻研究史」（或者「原始漢藏語」的構擬）作「方法論」的貢獻。這個「嘗試」可分兩方面說。這兩方面既是前有所承，也是經由省思而有所創發：

（一）「諧聲字」、「同源詞」與「同族對應字」，揭示著上古漢語「音韻系統及其變化」；同時，這些關係也顯示著「漢藏語族間的關聯」。這類關連，有著兩種可能分析途徑：1.「音韻構擬」，如高本漢、董同龢、李方桂、周法高、龔煌城、何大安等諸位先生都是這個傳統。本書以第二章為代表，作一系列延續性的思考、對話、乃至辯駁論證。2.「詞綴構擬」，例如 *s- 前綴使聲母清化或擦音化，即是雅洪托夫、梅祖麟院士與龔煌城院士，所發現的形態功能與語音變化。本書以第三、六、七章為代表。第三章觀察「漢／緬」同源詞，發覺 *s- 前綴與 *h- 前綴在書面緬語裡呈現著區別，不應該混為一談。第六、七兩章談論「否定詞」的構擬時，更加上「諧聲」或「同源字」音韻平行以論「*m- 前綴」或「*-t 後綴」的構擬，使論述更精緻完整。

（二）研究者該如何破解漢語「字形」的侷限，而得知「形態變化」？本書的第四、五章，巧妙而深入地操作歷史語言學的「內部構擬」。主要切入點在於動詞「形態」與句法「分佈」間的搭配限制，並配合「漢藏音韻規律對應」的證據，兩者來論述「別裂裂悖」這個漢語動詞的「三時一式」。我們從音韻規律與句法分佈兩方面論證：上古漢語在文字化的過程將這套構詞法「隱而不見」了。本書利用上古漢語「別裂裂悖」與書面藏語「N-brad，brad，dbrad，brod」這個同源詞，證實上古漢語與書面藏語相同的構詞規則。那麼，『藏文的「三時一式」是存古的』的「存古」，指的就是「原始漢藏語」的「三時一式」。這支持「原始漢藏語」是有「三時一式」的。

1.2 以原始漢藏語（PST）的構擬為目標

本書由「方法論」出發，討論上古漢語的形態音韻變化，乃至於原始漢藏語（PST）構擬的若干個關鍵問題。這些重要的語音、構詞或句法等現象，若仔細經由方法論的反思與操作，是可以解釋的。而從章節標題來看，即可知道本書的目標在原始漢藏語的構擬。從宏觀的角度看，漢語與藏緬語的差別極大，這使得原始漢藏語的構擬非常困難。仔細來看，藏緬語裏有著複雜的構詞形態變化，而漢語不止有聲調，更因非表音文字使得形態的辨識難度增加。除非我們放棄「原始漢藏語」的構擬，否則勢必得面對並處理這些問題。而本書正展現著一個新的思考，但這個思考其實是來自於深化歷史語言學的「漢藏比較語言學」。

眾所周知，「漢藏語系」為世界使用人數最多、分布極廣的一個語族。但就其實，這些語言間的親疏遠近，或究竟還包括哪些語言等等，實際並未確立。「漢藏語系」到二十世紀中期，都還勉強只是個「標籤（概念）」。在語言學界裏的困難，以「漢語」和「藏語」兩大語言群為例，主要有三方面：一、「語音對當」（correspondence）關係的建立。二、藏語有著豐富的「形態變化」，如：古藏文（WT）的動詞有「三時一式」:「現在時」、「過去時」、「未來時」與「命令式」；而漢語卻似乎類似於「轉換」（alternation）。三、漢語有聲調（tone），但大部分的藏語卻是無聲調的。但到最近二三十年，情勢有些突破。

龔煌城院士（2000，2001，2011），與梅祖麟院士（1980，1989，2000，2008）的一系列論文，從漢藏比較著手，來討論上古漢語的音韻或者相關的構詞法。兩位先生正好展現了運用「歷史語言學」兩大重要方法的典範！龔先生從「語言（或方言）比較」的語音角度切入核心；梅先生由「形態-語音」的轉換著手，而那正是「內部擬測」的精隨。

黃金文（1997a，b，2000，2001，2003）漢語方言的研究經驗，集中在處理跨界方言、語音變化與影響等，進行理論性的探討。除了「創新」與「分群」定義的更新、「移借」與「方言層」理論的精確化，更注意到有些零散的「存古」痕跡。這些若干零星卻普遍存在於方言的現象，往往是學界最為棘手，又重要的課題。其困難度，主要源自於如何與中古漢語對應，方言間又該如何構擬一個原始方言的層級。倘若拉到漢藏比較的高度來看，這些零星卻普遍存在於方言的現象，如聲母清、濁交替，陰聲、陽聲或入聲韻尾的交替，卻有可能從上古漢語與同族語的比較中找到解釋。最著名的是閩北方言的清濁交替，正是梅祖麟先生（1989，2008）談的原始漢藏語的 *s- 前綴。這對我個人而言是個非常有意思的研究經驗，原先精熟的是漢語方言，走著走著竟到上古音，又桃花源似地跑到漢藏比較語言學來。有些懸而未決的語言現象，竟然以一種很有趣的姿態得到印證。

無論如何，在細讀相關論文或是這類漢語研究經驗，發現一些困難點：首先，上古音韻的研究也好，形態音韻的研究也好，多半著力於「諧聲字」。即使是同聲符偏旁的字，是否即同源？可以往前推到原始漢藏語？若不是同聲符的「同源字」認定更不易，往往借力於「語意」的關聯。但問題是「語意關聯」極具「任意性」（而不是採取「義素分析」），在不同學者的著述裏即可發現這樣的現象。可是，這個工作或研究成果卻不應該輕易放棄，而是用更清晰、更嚴謹的方式來面對。

但，如果處理的是「句法」或「構詞」裏對稱或平行的「配列」（如：人稱系統、否定詞、或動詞形態等），較容易確認。容易確認的原因很簡單，「結構性」可以幫助我們排除「偶發」的可能，而且「構詞法」不容易借貸。麻煩的是漢語礙於文字，構詞形態辨識不易。那麼，在缺乏「形態特徵」的漢語，如何尋找形態？

因這些觀察使得本人在方法上做了若干修正與開展。

1.3 本書的焦點意識

如果我們著眼於方法，將會看到本書藉由實際語言現象的處理，有意識地在反思與漢語相關的歷史語言學理論與操作辦法：

1.3.1 「原始漢藏語」與「諧聲字群」

本書二、三章談「諧聲字」與「同源詞」，前者向來是古音研究的主要憑藉。但大部分的學者，多未曾清楚地說明如何利用諧聲關係，以及採用諧聲關係進行研究的基本假設是什麼。本書提出「諧聲關係」在方法上的運用分成兩個層面：一是建構詞族內部的關聯性，二是建構古音系統音類之間的關聯性。在文章中，我們以中古章系的來源以及其他相關問題具體呈現論述目的。

我們並且以「諧聲字」與「漢藏緬同源詞」為基礎作了一些思考。從上古漢語的「諧聲」關係裏，去探討「章系」聲符偏旁的字族，彼此間的關聯。這是一個實作，用《廣韻聲系》與《漢文典》為基點，由語料中討論「章系」與「喻四」的關係，以便知道「諧聲字」究竟提供了多少重要的訊息。本書同時也對李先生、龔先生的聲母系統裏，與「喻四」諧聲的「章系」來源作了介音的修正建議。

再者，本書第三章更找到幾組「漢／緬」同源詞，從這些詞裏發現「原始漢藏語」*h- 前綴（prefix）與 *s- 前綴應該是兩個不同的構詞法。緬語的證據顯示它們沒有先後演變的關係，可是 *h- 前綴（使名詞變成動詞）卻在古漢語幾乎不著痕跡地失落，跟 *s- 前綴在古漢語的表現有極大的區別。這正是同族語言（如藏文、緬文）的比較研究給漢語的助益！用同族語（如藏文、緬文、乃至西夏文）的演變，有助於確認上古漢語的實際及其變化。

在這個過程裏，我們看到上古漢語有形態，從諧聲字的關係裏可推敲一二，但不是所有的構詞法都留有蛛絲馬跡。這時，同族語言就派上用場了。

1.3.2 「原始漢藏語」的「三時一式」

本書從音韻規律與句法分佈兩方面論證：藏文的「三時一式」是存古的，只是上古漢語在文字化的過程將這套構詞法「隱而不見」了。我們利用「別、裂、裂、悖」同源詞，證實上古漢語也有同樣的構詞規則。換言之，『藏文是存古的』的「存古」，指的就是「原始漢藏語」的「三時一式」。

「別裂」為同一動詞的不同形態，說明如下：一、句法分佈的證據。主要從「別、裂」都有作格動詞的「使動及物」／「起動不及物」的交替特徵以及複合的方式的「平行的」立論。二、漢藏音韻規律對應的證據。主要談「裂（祭部入聲）」與藏文 brad（完成式）相對應以及漢語裏與完成式相關的語音變化。其實這些變化正是 *-s 後綴，在漢、藏分流後各自的演變。藏文是把古藏文的 *-d～*-s 詞音位規範化，只保留再後加字 *-s（與其語音環境）。而漢語則是因 *-s 後綴形成去聲。這麼一來，就處理了漢、藏 *-s 後綴分佈的不一致，呈現出漢、藏間規律的對應與各自的語音演變規則。

上古漢語「悖」與「別、裂」同源的證據也有兩項：一、句法分佈的證據。主要從「請」或「俾」與「悖」的搭配，以及否定副詞「毋」立論。既見「毋」與「悖」的共存且「毋」與「別、裂」的互斥。則可知「悖」為「別、裂」的祈使式。二、漢藏音韻規律對應的證據。主要談藏文動詞 a~o 交替，與上古漢語對應於藏文 o 元音的韻部及其聲母配置。以此證明「悖」與「別、裂」同源的音韻是規律的。

李方桂、柯蔚南兩位先生的古藏文碑銘可以看到：藏文「三時一式」至少上推至古藏文，由來已久。如果我們可以解決漢語形態辨識的困難，那麼問題也許能解套。只是，除了「語音對應」與「語義相近」，還能以什麼為憑藉？我的構想，「句法分佈」醞釀了很多年。如果要做得細緻，得一步一步慢慢來，但還是有縱觀的藍圖或格局的。這就是為什麼從「別 *prjat，*brjat、裂 *rjat」開始，這組同源詞是學者有共識的。龔煌城先生（2002：104）的「披 *phrjal、離 *rjal」也是我目前正積極開展的一組例子。我們若把藏文的讀音排開會很有意思：

現在時	過去時	未來時	命令式	詞義
N- brad	brad	dbrad	brod	抓表面，刮，擦
N- phral	phral	dpral	phrol	分開，分割

從藏文看，以元音 a~o 的轉換造命令式，這不是唯二的孤例。目前所知是「別、裂」與「披、離」，但這兩組平行的地方很多，漢語對應的都是現在與過去式、有相同的命令式轉換、有音韻的平行、皆為唇音聲母、舌尖音韻尾等等。我們從已知求未知，這是目前一個很好的開始。

如果仔細讀龔先生的文章，有「現在式」也有「過去式」，甚至也能看到「自動」／「他動」的字。意思是贊成動詞有形態的。但奇特的是：幾乎看不到對應於藏文「命令式」的漢字。這原因我們猜想是得先以「已知」的同源詞，建構起漢語、藏語間堅實且規律的對應關係，一個有著聲母、韻母的大骨幹。原來對應於藏文 o 元音的上古韻部有好幾個，而且還得同時考慮到聲母的發音部位（有著搭配限制）！我們很清楚地知道，藏文常以「元音 a~o」轉換來造「命令式」，那麼接下來的工作就應該是：站在漢藏語聲母、韻母的對應規律上來看這件事。假使如此，其實「三時一式」在漢語的研究裏早就在進行中，只是在大家「心照不宣」的默契下進行，並非什麼新鮮事。梅祖麟先生再三談到的 *s- 前綴與 *-s 後綴，影響深遠。無論如何，例子與見解一再修正，真理越辯越明，輪廓也日亦清楚。如果本書能有「與談」或「拋磚引玉」，使得更多人討論乃至辯證這些問題，是我的期待與榮幸。

比較棘手的部分倒是我們目前對上古漢語動詞的祈使形態，究竟該具備何種音韻特徵，一無所知。但如上文所說，假使漢藏同源，藏語有「三時一式」與「自動／他動」等動詞形態變化，漢語卻只有「現在／過去」、「自動／他動」。這顯然不合理，通常「構詞法」是比較穩固的。再者從藏文「三時」／「一式」的轉換甚大，我推測漢語的命令式還待發掘。「悖」字的資料的確是有限，但已是語料庫裏最大的極限，這是現實。我的想法是「悖」代表的是一串「音韻位置」相當的字，如孛、誖、勃等。等多發覺幾個漢語的命令式，音韻演變的規律就可以明朗化。

除此之外，我還利用音韻的辦法來解決語料的有限。這個辦法分兩個層面：一、從「藏文動詞 a~o 交替」談起，目的是看藏文的這個規則如何？與究竟哪個是基式。二、根據龔先生的文章看與藏文 o 元音相對應的漢語，究竟有哪些？同時，還把與特定韻部與聲母（發音部位）的搭配限制找出來，再整體評估（聲、韻、調）對應與演變的合理性。從歷史語言學的訓練，我們知道一個音位的形成或許可以有兩源或多元，但一旦形成，演變卻無例外，例外一定有其原因。也就是說，即使龔先生文章裏的藏文 o 元音的同源詞，都不是「a~o 交替」的 o。但按語言的普遍性，「a~o 交替」的 o 與其他非交替的 o，變化是一致的。假如從這個角度出發，語料的侷限應該能突破。至於「別」和「判」、「剖」、「闢」、「分」是否同源的問題，非本書主旨。但，的確有可能有若干音韻轉換，甚至可能聯繫為一群同源詞，只是目前尚未了解其確切關係，無法妄下定論。其以音韻轉換做為形態手段，顯而易見者有：「分」從「八」得聲，「份」又從「分」得聲，「八」的本義為一分為二，「八」、「分」為動詞，但「份」為名詞。又或者「剖」／「倍」為同諧聲偏旁，卻為反義詞。「剟」／「缀」為同諧聲偏旁，也為反義詞等。相似或相同的轉換很多，顯然這些都是可能的構詞規則，都值得將來深入討論。

1.3.3 「原始漢藏語」與上古漢語「否定（副）詞」

假使我們著眼於上古漢語的否定詞，會看到有極多的相似。例如：都是唇音聲母，多是 a 或 ə 元音。可是再細微地看，不止音韻稍有差異，且在語法分佈或功能上也顯然有別。這當然是經過很多學者的努力、關注而得知的，也不是今天頭一遭知道的事。

但假使，我們再更宏觀地看古漢語的音韻系統以及否定詞，將發現一個很有趣的事：「諧聲字群」、「同源詞」、「否定詞」，三者間有著巧妙的「音韻平行」關係。首先是：中古漢語「明微」聲母字既與「曉」母諧聲，又與「唇塞音」諧聲的事實；同樣的，也有一批「同源字」呈現「明微」聲母字既與「曉」母接觸，又與「唇塞音」接觸；在否定詞的部分，則如「非 *p／微 *m-」與「弗 *p／勿 *m-」又或者，「不 *pjəgx」與「弗 *pjət」這組否定詞的關係，與同源詞「枯 *khag」與「竭渴 *khat」、「豫*lagh」與「說悅 *luat」等有著音韻平行現象，韻尾都有 *-g／*-t 的轉換。顯然，這些平行的關係暗示著「構詞法」的可能!

從「非 *p／微 *m- < *m-p」與其語法分佈平行於「弗 *p／勿 *m- < *m-p」與其語法分佈，可知 *m- 前綴的功能。帶 *m- 前綴的「勿」、「微」是個後接及物動詞的否定副詞，帶有很強的主觀意志與主導性。相較之下，「弗」、「非」則是客觀的形勢判斷。*m- 前綴可以解釋何以中古漢語「明微」聲母字既與「曉」母諧聲，又與「唇塞音」諧

聲的事實。同樣的，也解釋了何以有一批「同源字」出現相似的現象。

「枯 *khag」與「竭渴 *khat」是一組音義相近的同源字，其差異在韻尾 *-g／*-t 的不同。「枯」不與表達主觀意志的助動詞「欲」、「敢」、或貫徹意志的最終結果「可」，乃至禁制詞「毋」等搭配，但「渴」、「竭」卻可以。「豫」*lagh 與「說」、「悅」*luat 也是一組音義相關的同源詞。其中，「豫」只能作為狀態的陳述，而「說」及「悅」這類「作格動詞」，卻可以有使成用法。無論是「渴」、「竭」或「說」、「悅」的使成動詞裏，後接的名詞賓語不一定是代名詞，即使是後接「之」也不合音。這說明「枯」／「竭」、「渴」與「豫」／「說」、「悅」共有的 *-t 後綴，是一個致使的賓語標記。與此相似的，「弗」的韻尾為 *-t，「不」則否。顯然有許多兩兩成對的同源詞或甚至諧聲字間有此關係。如果這些平行而成對的動詞，帶 *-t 後綴者可接「受事名詞」，則這個音韻的平行性的指向就很清楚。上古漢語「動詞」有 *-t 後綴，指示「致使標記」。

音韻平行現象暗示著「構詞法」的存在。而這些構詞法，或聲韻母系統，最終將成為原始漢藏語（PST）構擬的一部分。並向我們展示：原始漢藏語（PST）如何演變至上古漢語（OC），乃至於漢語的各方言；原始漢藏語（PST）又如何演變成原始藏緬語（PTB），乃至於藏文（WT）、緬甸文（WB）！

在古漢語早已被注意的「對轉」、「旁轉」、「通轉」等等，也許是一套套的以語音標記「構詞法」！從這裏，可以賦予已知、舊有的語言現象，一個新生命、新解釋。而我們所要進行的，就是釐清並解釋這些「構詞法」所牽涉的「音韻／句法構詞」範疇。若干方言中（如閩語）某些令學者百思不解語言現象，與其他方言的同源詞成「對轉」或「通轉」等關係，也許有辦法解釋！剛好這個方言遺留下的是幾個「交替」形式的其中一個，而其他方言保留著另外一個。就如同族語裏，上古漢語（OC）保留的是一套，而藏文（WT）或緬文（WB）保留的是另外一套。

第二章

以中古章系來源為例談「諧聲關係」的「建構」[1]

2.1 「諧聲關係」在方法上的運用與意涵

本章中所利用的諧聲資料，首先以高本漢《修正漢文典》(*Grammata serica recensa* 簡稱 GSR)、沈兼士《廣韻聲系》作主要討論的依據，並核對於許慎《說文解字》與董同龢《上古音韻表稿》，剔除一些後起字[2]。而同族語（如第三章中的藏語、緬語）以及漢語上古音的標示，主要根據龔煌城先生（1995）等文的系統構擬。

本章的材料，在討論某聲母時，為了排除構詞法對音韻所造成的影響以維持材料的同質性，我們先是觀察《漢文典》，選出幾個特定而顯著的現象。再依《廣韻聲系》將諧聲材料區別為兩類，一類是聲符本身讀音即是這個聲母的；一類是聲符為其他聲母讀音，但同一諧聲組裏有這個聲母讀音的字。基於研究目的，我們在材料的選擇上，以前面第一類的諧聲組為範圍。比如以「甬」、「兌」為聲符的兩組諧聲字為例，「甬」這個字為中古「喻四」聲母字，而「兌」中古讀

---

1 本章與第三章曾於「第六屆國際暨第十七屆中華民國聲韻學學術研討會」宣讀，修改後刊登於《清華學報》新 37 卷 2 期。承蒙講評人徐芳敏教授，與清華學報兩位匿名審查人細讀，提供了許多寶貴而深刻的建議，因此而深深感動。文責自負，卻非常希望能有機會表達謝意。再次感謝。

2 如果同一個諧聲系列有若干組同音字，那麼剔除了一部分後起字，往往在系統上不會有任何影響。這時我們就直接省略該字不做說明。

「定」聲母，雖然從「兌」得聲的「悅」也是「喻四」聲母字，但在本章討論喻四聲母的諧聲關係時，只選擇「甬」這類諧聲組做對象。我們這樣處理的目的在排除那些可能伴隨著構詞而來的未知因素。

「諧聲關係」向來是古音研究的主要憑藉。用諧聲字進行上古音的研究，最初的成績是在韻部的分合上，尤其是與詩文韻語研究互相參照校正。而不論是聲母或韻母的研究，一個很大的進展是由於音韻觀念或方法的轉變。因此我們的學術期待也隨著研究方法的轉變而有別於以往。同聲符偏旁的字在中古具有不同音讀是個事實，那麼無論我們認定這些字在上古屬於同一個韻部與否，都必須要有一個合理適切的解釋。同理，聲類之間的關係或者構擬也是如此。

本章討論以音韻問題為關注焦點時，「諧聲關係」在方法上的運用分成兩個層面：一是建構詞族內部的關聯性，二是建構古音系統音類之間的關聯性。

因此「諧聲關係」分兩個層面：建構詞族內部的關聯性及古音系統音類之間的關聯性對於古音擬測上各有助益；前者的基礎主要在空缺，後者的基礎則在平行；前者提供我們某個中古音類應分幾類來源擬測的參考，後者則提供我們這樣擬測在系統內部是否均衡，或者演變是否合理的訊息。

層面一的考慮與運用是我們所熟悉的，例如李方桂先生所舉出的諧聲原則一：「上古發音部位相同的塞音可以互諧」。

層面二的考慮，可以雅洪托夫（Jaxontov, Sergej Evgenevic, 1960）討論漢語二等介音來源於 l[3]以及相關的複聲母為例。雅洪托夫指出二等來母字幾近於「空缺」的分布形態，從諧聲來看，來母字又最常與二等字發生接觸，這樣顯示原來二等字應該有個 l 介音。或者

3 這個介音性的「l」根據後來龔煌城先生（1990）等的討論，改為 r。

我們也會對雅洪托夫與梅祖麟先生討論 *s- 前綴所造成的音韻變化「擦音化」印象深刻。放在諧聲上來說，兩位先生們注意到的現象，就是各部位的鼻音（或響音）都與心母字有接觸。只不過，相對於二等介音 l（或 r）來說，目前學者們已經確認這種平行現象起因於上古的構詞手段。

換句話說，我們考慮的聲類之間的關係與梅先生構擬 *s- 前綴，二者之間基本方法是相類似的。一組平行的諧聲行為在未發現其構詞功能之前，可以假定它們彼此之間的相似來自於發音方法、部位等的相同或相近。或者我們也可以這樣思考問題，所有平行的諧聲行為分成兩類，一類來自於同一構詞詞綴所引發的影響，一類來自於原來某音韻徵性的相同。

2.2 章系來源 Tj-，Klj-，Plj-的問題

2.2.1 文獻回顧

首先針對中古章系來源的擬音問題做說明。李方桂先生於〈幾個上古聲母問題〉修改他自己在〈上古音研究〉裏對於章系來源的擬測，將那些和舌根音諧聲的章系字，由 *skj，*sk^{h}j，ś……改為 *krj，*k^{h}rj，*hrj……。李先生的依據有兩方面，一方面固然是考慮「諧聲」上的證據，另一方面更著眼於音類「分布」上的均衡。

龔煌城先生與何大安先生則對章系來源的幾個問題，分別藉由「漢藏語同源比較」與「系統內部音類分布」的觀點，提出重要的建議。綜合兩位先生的意見，中古章系的來源應有 *Tj（T 表示舌尖音），*Klj（K 表舌根音）以及 *Plj（P 表唇音）。以中古章母為例，從諧聲關係來看，可分三類 *tj，*plj，*klj，這三類在上古各分別與

舌尖音、唇音及舌根音諧聲。

至於船母、禪母為 lj-。而書母分別與鼻音、舌尖塞音與舌根塞音諧聲，所以依李先生（1971）作 hnj-、st^hj-、sk^hj-，若依龔先生於（1989）、何先生於（1992）等，則書母的三個來源為 hnj-、hlj-、sk^hj-。

中古喻四平行於章系的字，在諧聲上也與舌根音或唇音發生關係，擬作 l-。

2.2.2 章系有三種不同諧聲對象？

當我們說中古的章系字在上古和舌根音、唇音以及舌尖音諧聲，因此章系有 Klj-、Plj-、Tj- 三種來源的同時，也就預設了：章系有三類來源；而且任兩類不應混淆。但在同一組章系聲母的諧聲字裏，卻往往出現兩種以上不同發音部位的聲母字。見下表一

表一　與舌根音、舌尖音及喻四諧聲的章系字

廣韻聲系編號	聲符	聲符音讀	聲符開合	tś	tś^h	dź^h	ŝ	ø	ńź	k	k^h	x	g^h	ɣ	ŋ	t	t^h	d^h	n	ʈ	ʈ^h	ɖ^h	ɳ	dz^h	s	z	tʂ	dʐ^h
626	吹	ʦ^h	w		3w 支							3支重紐,4支重紐[4]																
627	川	ʦ^h	w		3w 仙	3w 諄						3w 諄重紐									3w 諄					3w 諄		
631	出	ʦ^h	w	3w 薛	3w 支 衛					1w 沒, 3w 物	1w 沒, 3w 物	4質	3w 物		3質, 1w 沒, 2w 黠	1w 沒 末, 2w 黠	1w 灰	1w 沒		3w 術	3w 術		2 w 黠	1w 末			2 w 術	2覺 質 櫛
604	占	ʦ		3鹽	3鹽 葉		3鹽	3鹽 侵	3鹽				3鹽	1談		1談,4 添帖	4添	4添	4添	2 咸,3 侵 鹽	3鹽	2咸	3 鹽		3鹽			
605	止	ʦ		3之	3之						4支重紐										3之				3之			

這些諧聲組涵蓋了章系各聲母以及喻四；各組中也同時出現了舌根音與舌尖音塞音、塞擦音聲母字。不禁讓我們疑惑：上面的那三組諧聲中的章系字，究竟該作 Klj- 還是 Tj-？

4　這裏有個一字兩讀的「曉母」字，不見於《說文》，暫且擱置。

2.2.3 章系擬音應處理的問題

2.2.3.1 與章系字發生諧聲關係的見系字

與章系字發生諧聲關係的，見系、精系字大多為三等，或者至少有群母三等字參與。我們因此猜想應該有一類見系字在諧聲時代可以配合 -l- 或 -lj- 出現。

中古的群匣喻三聲母字在諧聲時期都是 *g-，而某些章系字可以和舌根音諧聲，作 *klj-，*k^hlj-，*glj-。那麼我們可以想像在群匣喻三分化之後，理論上應該可以看到為數相當的群母、匣母與喻三皆可以和章系字諧聲。但事實卻是：喻三、匣母為一類，極少與章系發生諧聲關係，其他的見系字另成一類，可以和章系發生關聯。因此我們可將見系字依諧聲行為區分為兩類，分別處理。

2.2.3.2 擬音與指涉

當我們將章系依其諧聲對象分為三，擬為 Tj-、Klj- 與 Plj-。我們也同時隱含著一個觀點：中古的章系字不會同時既諧端、知系又諧見系或幫系（章系字在諧聲時只能就端知系、見系、幫非系任選其一。）。但事實卻是為數眾多的章系字同時與二個以上不同發音部位的字發生諧聲關係，這樣非單一諧聲的情況將會令我們感到困擾。舉例來說，當章系字「制」、「診」等字同時與端、知系以及見系字諧聲時（「制 ʦ́猘 k 懘 ʈ」「診 ʦ́胗 k 珍 ʈ」），我們究竟要以 Tj- 還是 Klj- 來指涉這個「制」或「診」字？

2.2.3.3 系統的一致性

另一個論證是在於諧聲原則與系統內部的考量。當我們堅持那些和舌根音諧聲的章系字作 klj-，k^hlj-，glj-，當然也應該同等地對待與舌根音諧聲的知系字、與舌根音諧聲的幫系字，或者與舌根音諧聲的莊系字？比如前面舉例「診胗珍」的「珍」，依我們處理章系字「診」為 klj-的辦法，知系字「珍」應如何擬音？顯然在我們的系統內部恐怕很難找到容納這些與舌根音諧聲的知系、幫系或莊系的空缺了。因此，處理這類問題的妥善辦法還是應該由見系著手。

2.3 第一層諧聲關係的建構基礎

在第一層次裏，我們將考慮同一組諧聲字內部聲母類型的分布或搭配情形，比如某個特定章母字多半會和哪些種類的聲母字共同構成諧聲，以及這些聲母字是否有特殊的分布限制？

2.3.1 章系與見系的接觸——章系合口字不與喻三諧聲

以涵蓋章系和其他類型聲母（例如舌尖或舌根、唇音）的諧聲資料來看，章系的諧聲組分布情況未出現特殊的空缺。這種現象顯示以章系為中心和其他類型聲母的密切程度大致相當。假如我們以章系為主軸，進行章系和見系諧聲組的觀察：

「章：見系」

GSR 867　氏ʑ抵坻tɕ舐$dʑ^h$祇軝g^hj底t

GSR 864　支枝肢忮tɕ翅ɕ跂k^hj技伎芰歧岐g^hj頍k^hjw

GSR 335 制製tɕ掣tɕ^{h}猘k

GSR 552 旨指脂tɕ鮨耆鰭蓍g^{h}j詣ŋ嗜ʑ稽ki

GSR 671 咸鹹諴憾ɣ減緘黬慼k箴鍼tɕ（顑）x

GSR 658 甚煁諶ʑ椹揕t̀踸t̀^{h}葚dʑ斟tɕ媅t黮t^{h}糂s堪戡嵁k^{h}

GSR 496 出tɕ^{h}黜t̀^{h}絀t̀咄t拙茁tʂ屈詘k^{h}掘g^{h}堀窟k^{h}淈k倔g^{h}

「昌：見系」

GSR 1088 臭tɕ^{h}嗅x糗k^{h}

GSR 960 頤配ø姬kj熙xj饎tɕ^{h}

GSR 955 喜憘嘻嬉熺嘻熹譆xj糦饎tɕ^{h}

GSR 496 出tɕ^{h}黜t̀^{h}絀t̀咄t拙茁tʂ屈詘k^{h}掘g^{h}堀窟k^{h}淈k倔g^{h}

GSR 122 區驅軀k^{h}摳k^{h}嘔毆漚甌謳ʔ傴嫗醧ʔ樞tɕ

「船：見系」

GSR 867 氏ʑ抵坻tɕ舐dʑ^{h}祇軝g^{h}j底t

GSR 658 甚煁諶ʑ椹揕t̀踸t̀^{h}葚dʑ斟tɕ媅t黮t^{h}糂s堪戡嵁k^{h}

GSR 553 示dʑ^{h}視ʑ祁g^{h}j

「書：見系」

GSR 1164 堯僥ŋ澆k嘵曉膮x翹g^{h}磽墝k^{h}繞蕘蟯襓饒nʑ橈譊鐃撓
ȵ 燒ɕ

GSR 1125 樂ŋ轢櫟躒礫l爍鑠ɕ藥ø

GSR 913 奭x襫ɕ

GSR 864 支枝肢忮tɕ翅ɕ跂k^{h}j技伎芰歧岐g^{h}j頍k^{h}jw

GSR 715 向x餉ɕ

GSR 552 旨指脂tɕ鮨耆鰭蓍g^{h}j詣ŋ嗜ʑ稽ki

GSR 330　埶蓺藝囈ŋ摯縶ŋ熱爇nʑ勢ɕ褻𧽍s

「禪：見系」

GSR 867　氏ʑ抵坻tɕ舐dʑ^{h}祇軝g^{h}j底t

GSR 658　甚煁諶ʑ椹揕t̀踸t̀^{h}葚dʑ斟tɕ媅t黮t^{h}糂s堪戡嵁k^{h}

GSR 553　示dʑ^{h}視ʑ祁g^{h}j

GSR 552　旨指脂tɕ鮨耆鰭蓍g^{h}j詣ŋ嗜ʑ稽ki

GSR 368　臤k^{h}堅k掔k^{h}賢ɣ緊k腎ʑ

若就這些諧聲組進行觀察，會發現這些參與諧聲的聲母有某些內在關聯性：雖然中古舌根音除了「群」母只有三等字外，「匣」母一二四等有字，其餘聲母四等俱全。但是在這些諧聲組裏的舌根音聲母卻多只有三等字，尤其以「書」母的諧聲組表現最為明顯。至於其他非三等的見系字出現情況很受限制。就其受限制的情況看來，可能是某些特定條件或後來的演變所致，但目前尚不確定。我們試著歸納出以下三點特徵：

一、「群」母（三等）參與諧聲。

二、「匣」母既有一二四等，卻大體不參與諧聲。[5]

三、「喻三」雖屬於三等字，卻不參與諧聲。

如果中古的「群」、「匣」、「喻三」聲母在諧聲時代都是 *g-，而可以與舌根音諧聲的章系字作 *klj-，*k^{h}lj-，*glj-；那麼在 *g- 分化後，我們應該可以看到為數相當的「群」、「匣」、「喻三」字與章系發

5　例外的情況有 GSR 671，368。這個例外現象或許另有原因，因為就廣韻聲系的材料看起來，似乎與禪母字有密切的關聯。確實的原因需要進一步討論，在此我們對這個問題暫且保留。

生諧聲上的關聯。但是我們卻發現這些與章系字諧聲的「見」、「溪」、「曉」、「疑」等聲母多以三等字出現，若偶有非三等字出現，也一定摻雜「群」母三等字。也就是說，見系字在與章系的諧聲行為上似乎區分為兩類，一類「匣」、「喻三」；而其他的見系字另成一類。

以上觀察《漢文典》章系與見系接觸的諧聲組，裏面的見系字多是三等字；同時沒有喻三聲母字。這種分布上的空缺若參考《廣韻聲系》有兩組例外：

表二　廣韻聲系裏與喻三諧聲的例外

廣韻聲系編號	聲符	聲符音讀	聲符開合	ʦ	ʦ^h	ẑ	ʔ	x	g^h	ɣ	j	ŋ	t	t^h	d^h	ʈ^h	ɖ^h	l	ts	ts^h	dz^h	s
684b	垂2	ẑ	w	3w支		3w 支					3尤		1w戈	1w戈	1w戈	3w支	3w 支		3支,3w 支		3支,3w 支	
593a	隹	ʦ	w	3w脂	3w脂	3w 脂	3尤,3w 脂	3w 脂重紐,4w 支重紐	3w脂	2w皆	3w脂		1w灰	1w灰	1w定		3,1w,3w 脂 B,4w	3w脂		1w 灰,3w 脂	1w 灰	3w 脂諄

以上兩組例外有待後續觀察，先保留不論。除此之外，章系一般不與喻三接觸。由於喻三上古只有合口字，或許有讀者會懷疑章系字之所以不和喻三發生接觸，是因為開合口不同的緣故。為避免這樣的困擾，以下我們挑選幾組昌母合口字為聲符的例子進行更嚴密的觀察：

表三　章系不與喻三、匣母諧聲

廣韻聲系編號	聲符	聲符音讀	聲符開合	ʦ	ʦ^h	ʥ^h	k	k^h	x	g^h	ɣ	j	ŋ	t	t^h	d^h	ʈ	ʈ^h	ɳ	dz^h	z	tʂ	dʐ^h
626	吹	ʦ^h	w		3w支				3支重紐, 4支重紐														
627	川	ʦ^h	w		3w仙	3w 諄			3w 諄重紐									3w 諄			3w 諄		
631	出	ʦ^h	w	3w薛	3w支衛		1w沒, 3w物	1w沒, 3w 物	4質	3w物			3質, 1w沒, 2w 黠	1w 沒末, 2w 黠	1w灰	1w沒	4質, 3w 術	3w術	2w 黠	1w末		2w術	2覺質櫛

既然這幾組諧聲字的聲符為昌母合口字，就可以避免合口成分介入諧聲與否的爭論。而這裏，我們可以很清楚地看見匣母與喻三在分布上的空缺。這樣的分布現象不僅出現在《漢文典》，也出現在《廣韻聲系》，顯示章系不與匣母或喻三接觸的現象可能不是偶然。在第 3 節我們會再談到這個問題，並且說明這樣的空缺有助於古音擬測。

2.3.2 喻四與精莊系的接觸對比於喻四與端知系的接觸

以往我們都相信舌尖塞音、塞擦音與喻四之間的諧聲關係是因為「發音部位的相近」。但是就諧聲的材料來看，喻四諧舌尖塞音和喻四諧舌尖塞擦音的情況似乎非常的不一樣。這一節裏，我們用喻四諧舌尖塞音與喻四諧舌尖塞擦音為例，做對比性的觀察。

上古的舌尖塞音包括中古端知系[6]，所以在分布上應該佔四個

6　當然還包括章系，不過喻四與章系的諧聲留待稍後處理。

等；相同的，上古舌尖塞擦音包括精莊[7]二系，也是四個等都有。如果喻四與舌尖音諧聲的情況是發音部位的相近，那麼，想像中喻四的諧聲組裏就應該相當平均地看到中古的喻四聲母字和「端」系、「知」系、「精」系以及「莊」系接觸，而不應有分布上的空缺。

然而在喻四的諧聲組裏，精莊系分布卻是有限制的。絕大多數與喻四諧聲的精系字出現在三等，而且這些喻四的諧聲組裏不出現莊系字。仔細思考這些精系字的分布，我們只能將引發精系三等與喻四諧聲的條件設在這些精系字上。這樣處理的理由只要對比喻四諧端系知系的情況就可以知曉。與喻四諧聲的舌尖音，分布於四個等（一四等端系和二三等知系），沒有特別出現條件。既然在這些諧聲組裏，往往同時出現端系一四等與知系二三等的字，那麼促成精系字偏限分布以及缺乏莊系字的原因就不應是二等來源 *-r- 或是三等來源的 *-rj-，而應另有緣故。請參考以下三個例子：

表四　喻四與舌尖塞音、塞擦音諧聲

廣韻聲系編號	聲符	聲母	ẑ	dz^h	ŝ	ø	t^h	d^h	ʈ	$ʈ^h$	$ɖ^h$	s	z
761	由	ø	3尤			3尤		1屋,4錫			3尤,3屋		3尤
659b	余	ø	3魚	3麻	3麻	3魚	1w 模	1w 模	2麻	3魚	2麻,3魚		3魚,3麻
774	易	ø		3支	3昔	3支	4錫		2麥			3支,3昔,4錫	3清

這三組諧聲字都是「喻四」聲符諧舌尖塞音與塞擦音的例子。表中幾個舌尖音分布上的空缺其實來自上古韻部分布的限制，而非與聲母相應的限制。比如上表四例 659b 屬上古魚部，上古的魚部本來就只有中古的一二三等，所以這裏的舌尖塞音自然也不可能會有四等字

7　根據董同龢等學者的意見，莊系三等為後起，莊系原來只有二等。

出現。這三組中的舌尖塞擦音聲母字在等第分布上多只在三等韻，同時只有精系字而無莊系字。即使那些原來有四等韻的韻部裏，儘管出現了四等的舌尖塞音，參與的舌尖塞擦音大部分還是三等字，出現四等精系字的現象極為零星。由於四等精系字出現時，例如見表四774，幾乎都有三等精系字伴隨出現，因此我們懷疑這些零星出現的四等精系字是後起的變化。由於舌尖塞擦音在等第分布上的空缺並非偶然，我們以為不該用處理喻四與舌尖塞音諧聲的方式來處理章系與舌尖塞擦音的諧聲。

何以我們不說與喻四聲母諧聲的精莊系聲母字分布之所以有別於端知系聲母字，是因為精莊系聲母為塞擦音而端知系及喻四為塞音（或近似於塞音）？一個最直接的理由是，由於這些和喻四發生接觸的精、莊系字並不是均衡分布的，因此上面的那種主張無法解釋精莊系在分布上的差異。

那麼，應如何處置喻四與舌尖塞擦音諧聲呢？我們認為舌尖塞擦音分布上的空缺顯示二者之間的諧聲，條件應該在舌尖塞擦音上，否則諧聲組裏的精莊系字分布就該和端知系字的分布情況相同。如果我們假設某種條件使得部分舌尖塞擦音可以和喻四諧聲，而正因這個條件使得這些舌尖塞擦音演變成為中古三等字，如此即可解釋舌尖塞擦音多分布於三等韻，但是舌尖塞音卻廣泛分佈於四個等第。

2.4 第二層諧聲關係的建構基礎

第二個層次裏我們要觀察的是各平行諧聲類型的聲母。比如說我們會預期章母與昌母採取平行的諧聲模式，都能與舌尖或舌根音諧聲，一旦有個不屬於中古章系的聲母（如喻四），竟與章母或昌母採取同類型的諧聲，我們就得慎重考慮，也許這個聲母在上古時期與章系各聲母有著某種關聯。我們在構擬時應考慮如何呈現這個關聯。

2.4.1 喻四、章系不與喻三諧聲

前面我們曾經觀察到章系和喻三不相接觸的現象。此處我們則要觀察與喻四諧聲的舌根塞音裏也有分布上的空缺－同樣是喻四聲符的諧聲組裏不出現「喻三」、「疑」聲母字。我們可以舉幾個例子：

表五　與喻四諧聲的舌根音空缺

廣韻聲系編號	聲符	聲母	開合	ʦ	ẑ	ø	ʔ	k	k^h	x	g^h	ɣ	j	ŋ	d^h	ts	ts^h	dz^h	s	z
782	敫	ø		3藥		3藥	3霄	4蕭,2覺,4錫	2肴覺,4蕭錫			4屑								
768	尹	ø	w			3w 諄支						4w 先							3w 諄	
756	匀	ø	w		3w 諄	3w 諄		4真重鈕,3w 真重鈕,4w 諄重鈕		2w 耕	3w 清?	4真重鈕, 4w 先						3w 諄	3w 諄	3w 諄
765e	衮	ø	w	3w 仙		3w 仙					3w 仙									
784	役	ø	w			3w 支昔						2麥,4錫								

我們知道上古 *g 的一二四等演變為匣母，群母佔三等開口和合口，而喻三佔據三等合口字。至於喻四聲母字則有開口也有合口。有趣的地方在：與喻四合口字諧聲的舌根音有見母、（溪母）[8]、群母、

8　在表五例 756, 765e, 784 中溪母字分布的空缺，參考見母字的分布以及喻四開口字諧聲的情形（例 782）看來，應只是偶然，故不予討論。

匣母合口字，卻獨缺喻三及疑母字。既然喻三與群母、匣母同樣來自於上古的 *g 聲母，那麼基於什麼樣的理由，只有喻三與喻四不互相接觸？

這個分布空缺恐怕很難以「前綴」的方式解釋。其中的困難來自三方面：第一、前綴（如 *g-）需有構詞功能的證據才能成立。但目前為止，我們尚且缺乏這方面的證據。第二、如果喻四來源為 *g-l-，因詞頭 *g-的部位也為舌根，因此這些喻四字可以與見母字（*k)、群母字（*g）與匣母字（*g）諧聲。但這種方式無法解釋：既然喻三、群、匣上古都是*g，喻四（*g-l-）可以和群母、匣母諧聲，何以不與同部位的喻三（*g）諧聲？第三、就諧聲的情況看，上古 *g 聲母字與同部位的清塞音 *k、*k^h，以及鼻音 *ng 都有大量接觸的現象。何以詞頭 *g- 在清塞音的諧聲上與 *g 聲母行為相同，在與鼻音接觸的行為卻完全不同－即不與同部位的疑母字（*ng）諧聲？

從章系、喻四廣泛與見系接觸卻不與喻三諧聲的這個現象來看，喻四和章系的諧聲模式是相似的。我們在下一節裏會繼續說明見系其實應分為兩類：和喻四諧聲卻不與章系發生接觸的見系字應擬為 *kl，*k^hl 與 *gl；而那些與章系發生接觸的見系字則應擬做 *klj-，*k^hlj- 與 *glj-。

2.4.2 喻四諧見系又諧章系看「見系三等」與「匣母四等」的對比

本節中，我們限定主諧字為喻四且與見系接觸的諧聲組，再依這些諧聲組是否與章系接觸分為兩類。我們先來看第一類「喻四諧見系又諧章昌聲母」的例子：

表六　既諧章系又諧見系的喻四

廣韻聲系編號	聲符	聲符音讀	聲符開合	tś	tśʰ	ẑ	ŝ	ø	k	kʰ	x	gʰ	ɣ	j	ŋ	t	tʰ	dʰ	n	ʈ	ʈʰ	ɖʰ	dzʰ	s	z
769	衍	ø		3仙				3仙		3仙															
763	冘	ø		3侵		3侵	3侵	3尤侵虞			3侵	3侵				1覃咸	1覃	1覃		3侵		3侵	3侵		
750	頤	ø		3之	3咍			3之	3之															3之	3之
785a	弋	ø					3職	3職, 3w仙									1德	1德							

從上面幾組喻四同時與章系、見系聲母的諧聲字，可以觀察到這些見系字多分布於三等[9]或四等重紐。這幾組諧聲字依序屬上古元部、侵部與之部。元部與侵部四等俱全，而之部僅缺中古的四等韻字。因此表中的見系字除了群母只能出現於三等，見母、溪母、曉母等聲母字的出現幾乎沒有限制。當我們實際觀察到這些見系字只侷限於三等（含四等重紐），說明這種類型的諧聲關係關鍵在這批見字三等字身上。換句話說，這些與喻四諧聲的聲母之間的關聯在演變為中古三等的條件。在 2.3～2.4 兩節中，我們曾經注意到這些諧聲組裏的見系字沒有喻三與匣母字，這個匣母和喻三不出現的情況或許能為提供我們擬音的線索。

也許讀者會好奇：假使在某個喻四的諧聲組裏，沒有章昌聲母字，那麼這個諧聲組有沒有可能出現匣母字？以下我們看本節的第二

9　在喻四為主諧字又同時與見系章系接觸的諧聲組裏，有些見系字不是三等字。正好這些例外現象都是四等字，我們猜測這些例外演變可能另有原因。但由於這個特殊演變的條件尚不清楚，且暫保留，只就三等字部分討論。

類諧聲組：

表七　喻四與匣母四等的接觸

編號	聲符	聲符音讀	聲符開合	tś	tśʰ	ẑ	dzʰ	ŝ	ø	k	kʰ	x	gʰ	ɣ	j	ŋ	t	tʰ	dʰ	tʰr	dʰr	l	ts	tsʰ	s	z	dʐʰ	p非
756	匀	ø	w			3w諄			3w 諄	4真重紐,3w真重紐,4w諄重紐		2w耕	4w清?	4真重紐,4w先									3真	3真	3w諄	3w諄		
768	尹	ø	w						3w 諄支					4w 先											3w諄			
784	役	ø	w						3w 昔支			4w錫昔?		2麥,4錫					1侯									
771a	也	ø				3支	3支	3支	3支脂麻			4齊							4齊,3脂		3支					3麻		
778a	曳1	ø						3蒸	3支仙祭					4先		1w戈												3真
667b	葉	ø					3仙	3葉	3業,3葉			4添					4添	1談,4添	4添	3祭仙鹽	2銜,3鹽	4添			3仙,4添		2咸	
780	焱	ø							3鹽			4w錫																

與上一類非常不同的地方在：這些諧聲組裏，顯然喻四與匣母（尤其是四等字）有相當密切的接觸。

喻四的兩類諧聲組在內部的組成上大不相同：前一類的諧聲組裏有章系字，後一類則有匣母字。2.2.3 節中我們曾說那些與章昌聲母字發生諧聲關係的多是三等字（以見系三等、精系三等為代表），在這裏我們則看到章昌聲母字與匣母四等的排斥現象。同時也值得我們注意的是，喻四聲母字不發生這種與匣母四等排斥的現象。其實關鍵在那些與章系發生接觸的三等字，而且由於喻四的出現，我們將這個三等的來源擬為 -lj-。這樣的處理可以照顧到章系、與章系諧聲的見系三等、精系三等以及喻四，同時也照顧到喻三、匣母四等不與章系諧聲的現象。所以照我們的意思其實見系應分為兩類：和喻四諧聲卻不與章系發生接觸的見系字應擬為 $*kl, *k^hl$ 與 *gl；而那些與章系發生接觸的見系字等則應擬做 $*klj-, *k^hlj-$ 與 *glj- 等。

同時並由於船禪母與章昌等聲母字諧聲行為的表現是平行的，章系各聲母與喻四在諧聲行為的表現也有許多是平行的，我們假想它們的擬音應該要能夠呈現彼此之間的這種平行相仿的行為，所以主張見系章系甚至精系都可以帶 -lj-。

2.4.3 由「喻四／匣母」平行「邪母／匣母」的諧聲論匣母的擬音

2.4.3.1 邪母與匣母的諧聲

邪母在上古擬為 sl-，可以解釋邪母與喻四、定母及心母的諧聲關係。但邪母除了上述的諧聲關係外，其實還可以與舌根擦音諧聲。接下來我們來看兩組諧聲：

GSR 527　彗 z3：彗譿 ɤ4：嘒 x4

GSR 533　惠蕙譓蟪 ɤ4：穗 z3：繐 s3

為了排除諧聲條件的差異所造成的影響，上面所舉的是完全只有舌根音與邪母字接觸的例子。這兩個例子中，邪母與心母、曉母的關聯可以用 s- 或其他方式解釋，但與匣母的關聯呢？我們除了為這些邪母字另擬一個來源之外，還可以有一種處理方式：將這類與邪母諧聲的匣母字擬為 gl-。

2.4.3.2 喻四與匣母的諧聲

我們發現「喻四：匣」的諧聲有平行於上述「邪：匣」諧聲的情況，請看以下的例子：

表八　喻四與匣母的諧聲

編號	聲符	聲符音讀	聲符開合	ŝ	ʔ	ɣ	s
768	尹	ʔ	w		3w 諄支	4w 先	3w 諄

又或者：

GSR 409　喻 4：匣 4：曉 4

GSR 228　影 4：喻 4：見 3，4：匣 4：曉 4

如果我們把「喻四」諧「匣」與「邪」諧「匣」平行的接觸現象，搭配三四節所討論的現象來看，或許可以有一種新的思考：也許上古時期的見系字除了搭配 -r-，-rj- 外，還可以搭配 -l-，和 -lj-。以 *g 為例：由於匣母為 gl-、喻四為 l-、邪母為 sl-，所以匣母可以和邪、喻四聲母諧聲，而日後匣母的 -l- 消失，原來的這些帶 -l- 的匣母字便多出現在中古的四等。以 $*g^w$ 為例：在 g^w 後面如果接 -l- 則變成中古匣母的四等，如果後面接 -lj- 則變成群母，後面接 -rj- 就變成喻三（因此喻三不與章系、喻四諧聲）。至於在 k，k^h，x，ng 後面不管是接 -l- 或 -lj-，後來大都出現在中古三等韻裏[10]。

正因見系可以搭配 -l-，-lj- 和 -rj- 的緣故，因此其中帶 -lj- 的一類可以和章系 Tlj- 諧聲。而音韻系統中 -lj- 的分布除了出現在舌尖塞音（演變為中古章系）、舌根塞音（演變為見系三等），還出現在舌尖塞擦音（演變為精系三等）。本文 2.3、2.4 兩節中所做的種種觀察即此現象的呈現。

2.5 結論

2.1、2.2 兩節中說明在「建構諧聲關係」上我們所採取的觀點與方法，同時也思考諧聲關係裏可能呈現的構詞現象。其實無論是純粹的音韻現象或者是牽涉到構詞的詞彙音韻，我們關心的重點集中在音韻變化的問題。這兩節除了說明觀點與方法外，也做未來幾節討論的先行。

2.3、2.4 兩節處理的是和中古章系來源有關的問題。從諧聲字的分布情況來說，第 2.3 節觀察到與章系諧聲的舌根音（見系字）以及與喻四諧聲的舌尖塞擦音（精莊系字）各有分布上的空缺。當章系或喻四的諧聲對象出現了分布上的空缺時，便顯示其間的諧聲條件其實不在章系或是喻四，而是在這些諧聲對象上。

而且 2.4 節關心的是音類之間在諧聲上所採取的平行行為模式，並據以討論這些音類在當時音韻系統內的適當位置。我們觀察喻四與章系在諧聲行為上的平行，都有「喻三」這個空缺。之後觀察到喻四在與匣母四等諧聲與否的現象上，依據章昌母字的是否參與分成兩種

10 曉母的情況有點不同（請參考表七），還需斟酌。

類型。因此我們建議把見系字分為兩類，在上古時分別帶 -l- 與 -lj-。除了 *gl- 演變為匣母四等之外，其餘的都是中古三等韻的來源。精系帶 -lj- 者也變成中古三等。我們更舉喻四與匣母的諧聲平行於邪母與匣母諧聲的現象進一步說明擬測的理由。

第三章

以原始漢藏語*h-，*s-前綴為例談「諧聲關係」與「構詞」

3.1 構詞前綴演變的兩種模式

如果我們仔細想想，諧聲字除了展現前面第二章所說的上古漢語音韻系統及其演變的軌跡外，極有可能保存上古或原始藏緬語構詞手段（比如構詞前綴）的痕跡。如果我們站在音韻的觀點上看這個現象，我們將同時注意到：這個構詞詞綴可能隨著這個構詞手段「能產性」的降低而日漸消亡。一旦如此，不禁令人關切：這個詞綴與同音節之內的其他音段互動關係如何？在它失落前或者失落的同時會不會影響處於同音節的其他音段？如果這個詞綴消失而未留下任何音韻上的線索，我們又該如何構擬？

結合漢藏語的知識，發現原始漢藏語所具備的一些構詞手段，例如構詞前綴，可能會影響後接輔音，也有很大的可能不影響後接輔音。我們姑且依這個構詞詞綴的語音形式與其後接輔音的互動關係區分為：

構詞詞綴演變模式之一：影響後接輔音的演變
構詞詞綴演變模式之二：不影響後接輔音的演變

由於這樣的區別其實是以諧聲所呈現的平行為基礎，而進一步確認其構詞功能，再依音節內的互動加以分類，所以無論是哪一種，我們認為都是平行於上文所說第二層次的建構。而我們尤其好奇的是：該如何處理諧聲裏觀察不到的構詞音韻現象，因此在第 3.4 節中我們將對第二種演變模式進行討論，在此我們先針對詞綴的第一種演變模式稍加說明。

之前我們曾說梅祖麟先生構擬上古的 *s- 詞頭的方法，為我們提供了另一種第二層次諧聲關係建構的典範，也同時為上古漢語的研究樹立了一個重要的典範與里程碑。

梅先生觀察到漢語的同一聲符偏旁所構成的詞族裏出現構詞的形態變化，比如使動化、名謂化、方向化等等；而伴隨著這些構詞功能，音韻上往往呈現「擦音化」的特徵。引起梅先生注意的是藏文也有使動化與名謂化的構詞辦法，而且這些構詞功能在藏文裏一般是以 s- 詞頭來達成的。如果漢語與藏語同源，那麼在漢語裏應該也有 s- 詞頭，如果有，這些詞頭都到哪去了？當進一步觀察諧聲材料，還可以看到 s 對比於同樣是擦音的其他聲母，在諧聲行為上明顯不同。x 多與 ng 或 m 諧聲、ŝ 多與 ńź 諧聲，t^h 則多與 n 諧聲，這些擦音（或塞音）多半和同發音部位的鼻音（或響音）發生接觸。然而 s 竟然可以和任何非特定部位的鼻音發生接觸。梅先生將這些線索與雅宏托夫所發現的來母與二等字的密切關係做平行的聯繫，終是主張上古漢語有 *s- 前綴。在梅先生的文章裏，梅先生不但同時考慮構詞法與音韻演變，也將二者加以關聯。

我們可以從諧聲上確定了 *s- 前綴的構詞功能（使動化等），也同時得知 *s- 前綴對後接輔音的影響（心母與各部位鼻音或響音之間的諧聲接觸）。在 3.4 節我們討論的是無法從諧聲字得知音韻線索的 *h- 前綴，我們以為應該從構詞功能與同族語言的比較著手構擬。此外，我們也可以從 *s- 前綴與 *h- 前綴對後接輔音的影響不同，確認這兩個前綴在原始漢藏語時期應同時存在，而不是前後演變的關係。

3.2 緬甸文 *hn-的來源

中古漢語（Middle Chinese，以下簡稱 MC）裏的鼻音字，有泥（娘日）母、疑母、明（微）母，分別對應藏文（Written Tibetan，以下簡稱 WT）n-，ng-，m-；對應緬甸文（Written Burmese，以下簡稱 WB）的 n-與 hn-、ng-、m-與 hm-。在緬甸文的對應裏，顯然比較特別的是漢語同是舌尖鼻音，「如」在緬甸文讀作 n-，但「讓、仁、揉」等在緬甸文卻讀清鼻音字 hn-；而同為漢語雙唇鼻音的「閩、尾、名」在緬甸文讀為 m-，而「命、夢」等字卻讀清鼻音 hm-。請參考以下：

表一　緬文的 hn-，hm-

OC	WT	WB	例字
n	n	n	如柔
n	n	hn	讓二仁揉
ng	ng	ng	銀義
m	m	m	閩尾名
m	m	hm	命夢

令人感到好奇的是：緬甸文的這兩個清鼻音 hn-，hm-的讀法是原始漢藏語裏本有的嗎？若是本有的，在沒有特殊的變化下，由原始漢藏語到漢語上古、中古的演變應該是 *hn-（PST, OC）> t^h-（MC），*hm-（PST, OC）> x-（MC）[1]。也就是說，緬甸文讀為清鼻音的

1　在下文中，我們會看到漢語上古音清鼻音的那一套，其實來自原始漢藏語的 *s-N-，在這裏我們先這樣擬測。

「讓二仁揉名夢」等字在漢語中古音應屬透母（徹母）或者曉母字。但是我們看到「讓二仁揉名夢」等字在漢語讀為鼻音，所以這樣的想法可能有問題。假若為後來緬甸文的特殊發展，其演變條件是什麼？而原始漢藏語或者漢語上古音裏的那一套清鼻音 *hN- 在緬甸文的發展又是什麼？

剛才其實我們省略了另一種解釋方法：即不承認原始漢藏語有清鼻音，而認定上古漢語的 *hn-，*hm-，*hng- 其實就是來自原始漢藏語*sn-，*sm-，*sng-，到了中古漢語前這批字再變成透徹母或者曉母字等等。相對於漢語（PST）*sN- >（OC）*hN- >（MC）t^h，x……的變化，緬甸文裏只發生了一次變化，即（PST）*sN- >（WT）hN-。但若我們觀察緬文裏讀為 hm-，hng- 的字與漢語裏上古與鼻音諧聲而中古讀為透徹母或曉母的字並不是同一批，就會知道這樣的辦法恐怕是行不通的。請參考以下的幾個語詞：

表二　緬文的 hn- 在漢語的反映

漢語	緬甸文（WB）	與此字相關的諧聲組（GSR）	
讓	hnang3	GSR 730	襄：饟：壤：囊
		中古聲母	心：書：日：娘
二	hnac < hnit	GSR 564	二：膩
		中古聲母	日：娘
仁	hnac < hnit	GSR 388	人：仁
		中古聲母	日：日

上面緬甸文讀為清鼻音的詞彙，在漢語中的同源詞為「讓」、「二」、「仁」等。若我們觀察「讓」、「二」、「仁」等字的諧聲情形，將會發

現：就《漢文典》所呈現的資料看來，「讓」、「二」、「仁」不但不讀 t^h, x 等音讀，也絲毫不與透母或徹母字有諧聲上的接觸。因此緬甸文的清鼻音 hn-，hm-，hng- 來自原始漢藏語 sn-，sm-，sng- 這樣的假設恐怕需要再斟酌。

3.3 原始藏緬語 *h-前綴

我們可以設想另一種處理方式：將緬甸文的 h-視為源自原始藏緬語的一種構詞法，請參考以下的兩組例詞：

表三　緬文 h-

	漢語	緬甸文（WB）	釋義
（1）	柔	nu3	“be made soft”
	揉	hnu3	“make soft; mollify”
（2）	名	mañ	“be named”
	名（命）	hmañ2	“to name”

我們可以發現「柔／揉」與「名／命」在緬文裏正好是「n-／h-n-」與「m-／h-m-」，呈現了形容詞與動詞之間的關係。於是緬甸文有個 h-詞頭[2]，用來形成固定方向的動詞。而這種構詞法在漢語裏除了表現在文字「柔 vs. 揉」、「名 vs. 名（命）」的分別外，在音韻上全然不見痕跡：

2　緬甸文的 h-前綴不只能和鼻音聲母結合，如本文舉出的例字：nu ‘柔’/ h-nu ‘揉’；mañ ‘名’ / h-mañ ‘命’，也可以後接其他的聲母，例如 lwat ‘be at liberty, free’ / h-lwat ‘free, release’。

表四　*h-n-／*s-n-；*h-m／*s-m-

GSR 1105	柔：揉：楺：葇
中古聲母	日：日：娘：泥
GSR 826，726	名：銘命
中古聲母	明：明明

以上兩組諧聲字基本上以鼻音作為諧聲範圍，顯示原始藏緬語的 h- 前綴在漢語音韻裏不留痕跡地消失，但是部分的形態功能仍然保存在諧聲字組裏。有了漢語諧聲關係與緬甸文所反映的音韻與構詞現象作參照，我們就可以主張原始漢藏語有一個 *h- 前綴。再由於前一節我們說到 *s- 前綴在漢語裏引發的音韻變化，我們大概得承認：*h-n-，*h-m- 與 *s-n-，*s-m- 是兩套不同的構詞法，其間不為先後演變的關係。

3.4 *h- 前綴及其演變

之前我們舉了一些例證說明 *h- 前綴的構詞功能與它在漢語與緬甸文裏所發生的音韻變化。現在我們試著把 *h- 前綴以及與 *h- 前綴結合的鼻音列如下表，以說明它們的演變：

表五　PST 的 *h- 前綴

PST	OC	WT	WB
ng-	ng-	ng-	ng-
h-ng-（?）	ng-（?）	ng-（?）	ng-（?）
n-	n-	n-	n-
h-n-	n-	n-	h-n-（方向化）
m-	m-	m-	m-
h-m-	m-	m-	h-m-（方向化）

其中，我們尚不確定與舌根鼻音相配合的 *h- 構詞法是否曾經存在，以？表示存疑的態度。我們揣想原來也應該有 *h-ng- 的，後來這三個語言全發生了變化，所以從文獻上暫時看不出 *h- 可與 ng- 相配合的情況。不過，這樣的想法有待我們進一步證實。

原始漢藏語 *h- 前綴的構詞以及相關的音韻現象僅較完整地保留於緬甸文裏，就音韻證據來說，已經沒有辦法從漢語裏找到這個 *h- 前綴存在的證據。在此我們借用梅祖麟先生（1989）以「方向化」稱呼形容詞／動詞之間的轉換關係。只是目前並不清楚 s- 前綴與 h- 前綴的「方向化」功能到底有何不同？又哪一個（或者兩者）是原始漢藏語就具備的構詞法？不過在下文中，我們傾向於認為 s- 前綴與 h- 前綴在原始漢藏語裏就已經存在了。這麼一來，*s-N- 與 *h-N- 就不是一前一後的關係，而是兩種曾經並存的構詞法。

3.5 *h-與*s-為兩套構詞前綴

歷來學者討論甚多的 s-前綴，與鼻音聲母結合時，在漢語的演變情形可表示如下：

表六　*s-前綴

	漢字	上古音（OC）[3]早期	中古音（MC）聲母	詞性
（3）	扭	*nrjəkw	娘母	形容詞
	羞	*s-njəgw	書母	動詞
（4）	匿	*nrjək	娘母	動詞
	慝	*s-nək	透母	名詞
（5）	妄	*mjangs	微母	形容詞
	謊	*s-mangx	曉母	名詞

由漢語內部演變的情況來看，s-前綴與 h-前綴對聲母的影響不同：h-在不影響後面輔音的情形下消失；s-卻與後面的輔音合併演變入中古的擦音或者送氣的舌尖清塞音。我們以這兩個前綴都能後接鼻音的情況為例：

3　這裏的漢語上古音的擬音，為求*s-與*h-前綴構詞功能與形態變化之清晰，暫且不採取*s-N- > *hN- 的變化。為了與表七的 *s-N- > *hN- > t^h 等作區別，姑且稱之為上古音早期。

表七　PST 的 *s- 前綴與 *h- 前綴

*s- 前綴			*h- 前綴		
PST	OC	MC	PST	OC	MC
*s-n- >	*hn- >	t^h-	*h-n- >	（*n-）>	n-
*s-m- >	*hm- >	x-	*h-m- >	（*m-）>	m-

梅祖麟先生為古漢語 *s- 前綴的演變擬測 *s-n- > *hn- > t^h- 變化，其中 *hn-即是李方桂先生上古音的階段。將 *s- 與 *h- 前綴在諧聲裏出現的活躍性做比較，相對應於 *s- 前綴所發生的變化，我們猜測 *h- 前綴在漢語上古音時期大概已經消失[4]。儘管目前為止我們不知道 *h- 與 *s- 的構詞功能究竟如何不同，但從漢語內部的演變證據看來，既然 *h- 與 *s- 的影響顯然不同，我們就可以根據後來的演變將這兩種構詞方式區分開來。

3.6 結論

最後我們來看一看本章的安排以便於回顧這篇文章裏的論點。

原始藏緬語構詞前綴可能隨著這個構詞手段的「能產性」降低而日漸消亡。那麼這個詞綴與同音節之內的其他音段互動關係便成為我們的關注焦點。假使在它失落前或者失落的同時未影響處於同音節的其他音段——未留下任何音韻上的線索，我們該如何構擬？

本章處理 *h- 前綴與 *s- 前綴問題，結合漢藏同源比較的知識，思

4　雖說如此，在此時期 *h- 前綴相關的語音形式也無妨保留上個階段的讀法，因此我們在表中將此階段讀音加括弧。

索該如何構擬諧聲裏觀察不到的構詞音韻現象。並從與後接輔音的互動不同這樣的觀點，將 *h- 前綴與 *s- 前綴加以區別。由漢語內部演變的情況來看，*s- 前綴與 *h- 前綴對聲母的影響不同：*h- 在不影響後面輔音的情形下消失；*s- 卻與後面的輔音合併演變入中古的擦音或者送氣的舌尖清塞音。

第四章

從上古漢語句法分布論漢藏語的「別」同源詞[1]

4.1 句法的分布與上古漢語動詞形態

「漢藏語系」構擬的有三個重點，若以「漢語」和「藏語」兩大語言群為例，可以分三方面：一、「語音對當」關係的建立。二、藏語有著豐富的「形態變化」，而漢語卻幾乎看不到「形態」，或任何語音的「交替」。三、漢語有「聲調」，但部分的現代藏語以及藏文卻是無聲調的。以下我們以這三個方向為綱領，來看漢藏語研究的概況。

「對當關係」在前輩學者的耕耘下，有著相當亮眼的成果。以下舉龔煌城先生的研究為例說明。龔煌城先生專精於漢藏語言比較，他的一系列文章帶領學者進入漢藏語研究的殿堂。我們從標題即可得知其關心的主題，如：〈從漢藏比較看上古若干聲母的擬測〉[2]談的是聲母的構擬；〈A Comparative Study of the Chinese, Tibetan, and Burmese Vowel Systems〉談的是元音系統的構擬；〈The System of Finals in Proto-Sino-Tibetan〉與〈從原始漢藏語到上古漢語以及原始藏緬語的

1　本章為受國科會補助101年度計畫〈(古)藏文資料轉寫檢索系統與漢藏同源詞〉(計畫編號：101-2410-H-260-046-，執行期間：2012/08/01～2013/07/31)的執行成果之一。又，本章裏所有《論》、《孟》、《左》的語料，皆來自「中央研究院上古漢語標記語料庫」。特此一併致謝。

2　以下的文章，皆收於《龔煌城漢藏語研究論文集》，2011。

韻母演變〉兩篇，談的是韻母構擬與如何由祖語演變到各族語言；〈從漢藏語的比較看漢語上古音流音韻尾的擬測〉與〈從漢藏語的比較看重紐問題〉兩篇，是由漢藏比較的角度出發，來談漢語某個特殊又富爭議的語音問題與相關的構擬。這些討論已然提供了漢藏語言研究的基本架構。如此一來，學者就原始漢藏語（PST）的音韻系統構擬，與其到上古漢語（OC）以及原始藏緬語（PTB）演變等問題上，有了可以依循、檢驗的方向。

藏緬語裏呈現了大量又豐富的形態變化，何以不見於古漢語的文獻呢？龔煌城[3]先生的〈從漢藏語的比較看上古漢語的詞頭問題〉與〈上古漢語與原始漢藏語帶 r 與 l 複聲母的構擬〉兩篇文章，談的是複輔音，或者前綴對於聲母的影響。而梅祖麟先生的文章[4]，同樣關切著漢語的「構詞音韻」問題。由於梅先生擅長於歷史語法，所以〈漢藏語的 「歲、越」、「還（旋）、圜」及其相關問題〉與〈內部構擬漢語三例〉、1989〈上古漢語 s-前綴的構詞功能〉，與 2008 年發表的〈上古漢語動詞濁清別義的來源——再論原始漢藏語 ~*s-前綴的使動化構詞功用〉三篇文章，談的就是上古的形態問題。

兩位學者正好展現了運用「歷史語言學」兩大重要方法的典範！龔先生從「語言（或方言）比較」的語音角度切入核心；梅先生由「形態-語音」的轉換著手，而那正是「內部擬測」的精隨。

現代藏語方言相較於藏文（WT）的重要差異之一是：藏文的拼寫系統沒有表示「聲調」的符號，直接的解讀即可以為七、八世紀的藏語沒有聲調；可是現代三支藏語方言的兩支，衛藏和康方言，是有聲調的。這樣的語言現象，意指聲調可以是「後起」的，學界稱「聲

3 同注2。

4 以下的兩篇文章，收於《梅祖麟語言學論文集》，2000。

調發生學」。漢藏既為同一語族，漢語的聲調來源，也當然得追查探究。畢竟，古漢語既然可以有前綴（以致形成複輔音），就很有可能也同時有後綴。那麼，漢語聲調的起源，會不會就是「形態」？

梅祖麟先生論文集裏收的〈四聲別義中的時間層次〉就屬於這個範疇的經典。文章中，不但確定了動詞變名詞與名詞變動詞兩型，還確認了時代的先後。在此同時，更談到了漢語的去聲與藏文的 -s 後綴同源，在藏文裏，除了做動詞形態的標記外，還可以使動詞轉換為名詞。

龔、梅兩位學者的文章，或從漢藏比較著手，或從古漢語構詞著手，正提供了古漢語構詞音韻的研究方向與典範。由於這是個新興的典範，大部分的語法（或構詞）與音韻的關係都尚未明朗化，值得我們繼續深入、加以建構。

本文以「中央研究院上古漢語標記語料庫」做為檢索範圍。主要是，除了檢索帶「區別」語意的同源詞外，我們還要配合「時間副詞」、「時間名詞」或否定詞「毋」等的出現，因而需要用大型資料庫的全數樣本。語料庫涵蓋時間期限長、也涵蓋了各地區的語料，但樣本數量非常龐大，反能因此排除干擾因素。

本文在句法面向採取兩個策略：一、「結構分布」，也就是動詞的類型，有其固定的出現環境，以縮小選擇標的之範圍。進一步說，是利用古漢語「作格動詞」的「使動及物」／「起動不及物」的交替著手，從語音符合對應關係找句法分布特徵相合者。二、利用「時間詞」及「毋」與動詞的共存限制，以指認特定的動詞形態「時」或「式」。而這兩個辦法都是由「句法」來重建「構詞」，乃至於「形態音韻」。事實上，這是一個「方法論」建構的嘗試，有助於原始漢藏語「三時一式」的「構擬」。

音韻方面則是藏、漢雙線進行，一方面從藏文角度說，一方面就證於漢語上古音。有兩個主要的重點：一、如果漢語去聲源自原始漢藏語的 *-s，何以漢語上古音去聲分布與藏文的 *-s 後綴分布有差異？二、藏文中常用 a~o 元音交替或轉換，造動詞的命令式。而這些藏文的 o 元音，究竟源自原始和藏語的哪個或哪些元音？再又對應於漢語上古音的哪些韻部？其演變，是否規律？從這兩個面向，證明「裂」、「悖」與「別」不僅對應於藏語，在漢語也是規律的演變。

先來看藏文動詞變化與同源詞確認等相關的背景資訊。藏文（WT）的動詞有「三時一式」(「現在時」、「過去時」、「未來時」與「命令式」)，這是簡化的說法，也是大家熟知的說法。仔細區分，在藏文裏，不及物動詞以加前綴 N- 做現在式，加後綴 -s 造過去式。而及物動詞的變化，大致分四類，請見下表[5]：

表一　藏文（WT）的動詞變化

		現在時	過去時	未來時	命令式
不及物動詞		N-____	___-s		
及物動詞	I	N-____	b-___-s	b-___	___-s
	II	N-____	b-___-s	G-___	___-s
	III	G-____	b-___-s	b-___	___-s
	IV	G-____	b-___-s	G-___	___-s

上表的 N- 為鼻冠音，其發音部位與後接輔音相同。G- 則隨著詞根的聲母而異，若後接輔音為舌根或唇音部位者，用 g-；若是後接輔音為舌尖部位者，則用 d-。所以基本上可說，無論 N- 或 G- 前綴皆與後接輔音有「發音部位」一致性。

5　本表引自何大安、黃金文（1997）。

假使我們由表一出發，光以藏文的某個詞形，去一群上古漢語音韻相近、語意相同的「疑似同源詞」清單裏，尋求「同源」會有大問題。原因很簡單，漢語並沒有形態標記，又往往有許多異音的同義詞。在 A、B 兩詞讀音不同時，我們認定與漢語的 A 詞相當，或者與 B 詞相當，其背後隱含的「音變規律」可能是天差地別的。

若反過來，先從漢語這頭出發，由漢語上古音找藏文的相對應的形式呢？也有困難。難題有三：一是在於上古漢語與藏文的「對當規律」。不過這部分的難題，龔先生的研究解決了大部分，我們可以藉此基礎，繼續往前走。第二個難題在即便找到了對當相符合的「同源詞」，我們也不知道究竟是藏文動詞變化的哪一形？究其根由，還是藏文動詞形態的非單一功能。表內的一個語音形式，往往有多種功能指涉，並非單純的一對一關係。如：後綴 -s，既可以表示不及物動詞的「過去時」，又可以表示及物動詞的「命令式」。而且更麻煩的是，我們如何「判斷」漢語的動詞「形態」？

而後者，不但有助於我們確認「同源詞」，更重要的，將確立「漢語的動詞形態」。

「別」這組確立關係的「漢藏同源詞」。已知有：「別」、「裂」，漢語（OC）或藏文（WT）在語音與意義都是規律「對當」的；但帶有同語意的詞還有甚多，語音關聯卻是我們不清楚的，如同樣是唇音聲母的有：披、闢、剖、孛、北（背）、破等。又已知藏文（WT）的動詞「三時一式」採取加綴或者元音屈折來表示形態。除了用熟知的漢藏「語音對當」來確定雙邊（漢語／藏文）一對一的關係外，按理也可能用「內部構擬」的辦法來確認。

4.2 動詞的「使動及物」／「起動不及物」的交替

假使著眼於漢語的動詞「形態」，我們有些新構想。利用古漢語「作格動詞」的「使動及物」／「起動不及物」的交替著手，從符合語音對應關係去找句法分布特徵相合者。典型上古漢語的「作格動詞」如「敗／敗」、「別／別」、「斷／斷」、「折／折」、「解／解」、「滅／威」、「現／見」、「長／長」、「滅」／「威」、「食」／「飼」等，常有著以語音的區別表示「使動及物」／「起動不及物」的交替。本節以「敗／敗」談起，看其中的語音與語法關聯。

4.2.1 自動與使動交替的漢藏同源詞-語音

在龔煌城先生文章裏（2002：199）有「別」、「裂」的上古漢語（OC)、與相對應藏文（WT）與緬文（WB）的「同源詞」，轉引並改表列如下[6]：

表二　同源詞「別」

OC	WT	WB
裂 *brjat > * rjat > ljät 'tear asunder, divide'	brad (pf.)	
別 *sbrjat > *sprjat > *prjat > pjät	sbrad 'to scratch'	phrat 'cut in two; to break off' 使斷絕、使隔絕
別 *N-brjat > *brjat 'divide, separate, distinguish'	N- brad 'to scratch, to lacerate by scratching'	prat 'be cut in two; be cut off' 斷絕、隔絕

6　究竟哪個字對藏文（與緬文）的哪個形式，是根據我們對文章的理解而來的。

漢語「別」一詞對應於藏語的兩形態，為了方便指認，我們用「別1」、「別 2」來區別。「別 1」指相對應於藏文 sbrad；「別 2」指相對應於藏文 N-brad。

若同時把漢語及藏文考慮進去，應該有幾個面向的差異：一是「時」，二是「及物性」，三是「致使性」。而這裏的「別 1」、「別 2」指的是「時」，還是「致使性」或「及物性」的不同？若配合梅祖麟先生（1989）談 *s- 的使動化，如：「滅」／「烕」、「食」／「飼」、「隕」／「損」、「桓」／「宣」等，兩兩成對的動詞，指的是「致使性」。但仔細觀察，卻發現兩者的「語音的演變」，及「句法結構的分布」無法完全密合。

「語音的演變」問題，首先得到解決。梅祖麟先生（2008）的文章裏，很明確地指出 *s- 前綴功用之一為「使動化」，修正也周全地解釋了從原始漢藏語到上古乃至中古音的演變，如「敗／敗」[7]、「別／別」、「斷／斷」、「折／折」、「解／解」、「滅／烕」、「現／見」、「長／長」等。在漢語的部分與龔煌城的主張一致，也顧及藏緬語的證據：「濁／清」的交替根源於「自動詞／*s- 使動化加綴」。在語音的部分，*s- 前綴對上古音造成的影響為「清化」[8]。這樣正與龔先生對於 PST 或 OC 的構擬相合。

這些語音形式，原則上是兩兩成對。文字也許有區別，另外造字，如：「滅」／「烕」、「食」／「飼」；也許沒有區別，只用語音的不同來分別型態，如：「別」字有兩讀音。從語言來看是同一現象，

7 這些兩兩成對的例子中，前面是自動詞，後面是使動詞。所以，梅祖麟稱為「濁清別義」。

8 第一階段影響所及，包含鼻音與塞音。只是後來，這批變化而來的「清鼻音」又經過另一音變「擦音化」。這是何以我們看到：「滅」（中古「明」母）從「烕」（中古「曉」母）得聲；「墨」（中古「明」母）從「黑」（中古「曉」母）得聲。「墨／黑」為 *s- 前綴的另一功能，名謂化。

只是有無分別字。底下摘引龔煌城先生（2002：188）對 N-與 s-前綴的相關構擬，並作成表格：

表三　幾個漢藏比較的同源詞構擬

	PC[9]	OC	MC	《廣韻》	
別	*N-brjat	*brjat	bjät	異也、離也	“different, leave”
	*sbrjat > *sprjat	*prjat	pjät	分別也	“divide, separate”
裂	*brjat	*rjat	ljät	[10]	“tear asunder, divide”
敗	*N-brads	*brads	bwai	自破曰敗，《說文》毀也	“rained; become defeated”
	*s-brads > *s-prads	*prads	pwai	破他曰敗	“to ruin; defeat”
降	*N-grəngw	*grəngw	ɣång	降伏	“submit”
	*s-grəngws > *s-krəngws	*krəngws	kång	下也、歸也、落也	“descend, go down, send down”

除了「裂」以外，「別」、「敗」、「降」都是兩兩成對的動詞，也是梅祖麟文章裏提過的。假如 N-表示動詞詞頭，而 s-表示使動性。那麼我們得到以下的兩個音變：

規律 1 *N-b- > *b-

規律 2 *s-b- > *sp- > *p- > p-

N-前綴丟失，不影響輔音，如：「別 2」*N-brjat > *brjat；s-前綴丟失，使得濁輔音清化，如：「別 1」*sbrjat > *sprjat > *prjat > pjät。同

9 龔煌城（2002：188）注釋13：『在本文中PC表示Proto-Chinese（原始漢語）……本文中的PC也可以讀作Pre-Chinese。』

10 此字原文無。就其音義的規律對當，我們可補入《廣韻》薛韻「裂：擗裂、破也。《左傳》曰：裂裳帛而與之。」

樣的，音變規律也適用於其他發音部位的塞音聲母，如「降」。我們來逐一檢查 *N- 或 *s- 前綴（與輔音間的搭配）與構詞法。

4.2.2 自動與使動交替的漢藏同源詞-及物性

現在先來看「句法分布」的問題：「自動」／「使動」與「及物」／「不及物」間是否有必然的連結？漢語「作格動詞」有「使動及物」／「起動不及物」的交替，語音往往有相對應之改變[11]。與本文相關者，我們利用一組學界有共識的「自動」／「使動」的例子作檢視，觀察這種「自動」／「使動」的交替與「及物」／「不及物」間是否有相關。讀者亦請參考魏培全（2000：809）、王力（2003：469～486），其中論及「敗（自破）／敗（破他）」的交替。「敗」字的兩讀是大家耳熟能詳，而且顯然有「使動及物」／「起動不及物」交替的。我們先來看一組對稱的語料，好說明「敗（自破）／敗（破他）」在結構的表現為「使動及物」／「起動不及物」的交替[12]：

1　公敗宋師于乘丘（《左傳．莊公十年》）

2　宋師大敗

在例 1 是莊公打敗了宋國的軍隊；而例 2 是宋國的軍隊被打敗了，至於被誰打敗則沒有交代。例 1 與 2 的「敗」，讀音是不同的，

---

11 請參考湯廷池（2002），該文談的是（現代）漢語複合動詞的使動與起動交替，卻對本文多有啟發。又或者魏培全（2000）與魏培全（2001），這兩篇文章對作格動詞與使成結構有著極為細膩的剖析。

12 例4是為了對比，按例3的句意而擬作的，但意義不完全相同。實際的文獻語料，則可參考「宋敗，齊必還。請擊之。」（《左傳．莊公十年》）。

前者《廣韻》作「補邁切」(pwai < *prads < *s-prads < *s-brads),後者《廣韻》作「薄邁切」(bwai < *brads)。根據劉承慧(2006:288)的定義,「使動詞可謂「致使」與「狀態」兩種概念的合體」。故例 1 兼「致使」與「狀態」兩要素;其中的受事者,在例 2 中提前到主語的位置,而只剩「狀態」的表述。至於例 1 的主事者,則不一定存在於例 2。

以下就文獻語料看兩者實際的分布狀況,「敗」作「破他」者,與「自破」者為數各半。從「中央研究院上古漢語標記語料庫」查詢得知,數量相當。「使成動詞(VP)」用法是及物的,例 3 至 9,這些或屬人或屬事物的主語,都使得賓語有若干狀態的改變。這個「敗」可以看做「使之敗」者:

3 行冬令,則草木蚤枯,後乃大水,敗(VP)其城郭;(《禮記・月令第六》)

4 孟秋行冬令,則陰氣大勝,介蟲敗(VP)穀,戎兵乃來。(《禮記・月令第六》)

5 我能敗(VP)之,故言次也。秋,九月,荊敗(VP)蔡師于莘,以蔡侯獻舞歸。(《春秋・公羊傳・莊公十年》)

6 夏,五月,戊寅,公敗(VP)宋師于鄑。秋,宋大水。何以書?(《春秋・公羊傳・莊公十一年》)

7 諸侯之師敗(VP)鄭徒兵,取其禾而還。(《左傳・隱公》)

8 六月,鄭二公子以制人敗(VP)燕師于北制。(《左傳・隱公》)

9 戎師大奔。十一月甲寅,鄭人大敗(VP)戎師。(《左傳・隱公》)

而在語料庫裏,也有「敗」字六百多筆的資料作「自破」意義。

這些語料的主語位置裏，都是受事者。同時這批在結構上都是「狀態不及物（VH1）」，例 10 至 15 的「敗」則可解作「自破敗」者：

10　自我致寇，敬慎不敗（VH1）也。六四：需于血，出自穴。（《周易・需》）

11　象曰：「大車以載」，積中不敗（VH1）也。九三：公用亨于天子，小人弗克。（《周易・大有》）

12　蓋自戰於升陘始也。魯婦人之髽而弔也，自敗（VH1）於臺鮐始也。南宮縚之妻之姑之喪（《禮記・檀弓上第三》）

13　陳皆奔，王卒亂，鄭師合以攻之，王卒大敗（VH1）。（《左傳・桓公》）

14　且攻其右。右無良焉，必敗（VH1）。偏敗（VH1），乃攜矣。（《左傳・桓公》）

15　鄧人逐之，背巴師；而夾攻之。鄧師大敗（VH1）。鄾人宵潰。（《左傳・桓公》）

顯然這類動詞由結構的及物與否即可判斷其「自動」／「使動」的屬性，兩者是「互補分布」的。有意思的是，這類「起動不及物」的「敗」可以前接「自（DH）」[13]，而「使動及物」卻不能。「敗」字的這兩類交替，在與「自」的搭配上，是有共存限制的，請見例 16 至 20：

16　故計必先定而兵出於竟，計未定而兵出於竟，則戰之自（DH）敗（VH1），攻之自毀者也。（《管子・參患第二十

13　「自」有兩個用法，一種表自主，一種是反身。與此處相關的用法，是後者。亦請參考魏培全（2000：140－1）有著不完全相同的看法。或為切入點不同，可互為參照或對話。

八》)

17 有此數者，內自（DH）敗（VH1）也，世將不能禁。(《尉繚子・制談第三》)

18 其不勤民，實自（DH）敗（VH1）也。(《左傳・僖公》)

19 夫差先自（DH）敗（VH1）也已，焉能敗（VP）人。(《國語・楚語下》)

20 王之兵自（DH）敗（VH1）於秦、晉，(《韓非子・第二十一》)

這個「起動不及物」能與「自」搭配出現，表示句子裏不需要一個「隱含的主事者」。例如「夫差先自（DH）敗（VH1）也已，焉能敗（VP）人。」，就指出在夫差軍民先敗壞貪腐的情況下，任何人都可以輕而易舉地攻下，或甚至根本不需要有所謂敵軍，早就軍紀渙散，如一盤散沙。

例 3 至 9 對比於例 10 至 20，得知「敗」字的及物性與使動性有很強的連結。因而我們可利用古漢語「作格動詞」的「使動及物」／「起動不及物」作為參照，尋找符合語音對應的「同源詞」。

4.3 以「別」的分布看「使動及物」／「起動不及物」的交替

古漢語「別」字為「作格動詞」，按理也要如「敗」字的分布，從漢語句法結構裏，看得到「使動及物」／「起動不及物」的交替。在本節裏，我們要證實「別」字有「使動及物」／「起動不及物」的交替。句法分布一旦確立，即可從「規律對應」得知：上古漢語「別」字的兩個讀音，與藏文 N- brad; sbrad 為同源詞。

4.3.1 「別 1」—「使動及物」

我們先鎖定主要的目標，並加以檢驗：上古漢語的「別 1」、「別 2」與藏文 N—brad; sbrad 這個動詞形態兩兩相對應，是否確實如表三所列。我們以「中央研究院上古漢語標記語料庫」做為檢索範圍。焦點是「別」字的分布，可否有「及物性」的區別。

「別」字出現共計四九五條，當作動詞用的「別」，主要分作「使成動詞（VP）」與「狀態不及物動詞（VH1）」兩種。若從結構來區分「別」的兩種用法：則前者為及物動詞，後接賓語；而後者為不及物動詞，不帶賓語。首先，「別」為及物動詞者，計一七五行，如下：

21　夫禮者，所以定親疏，決嫌疑，別（VP）同異，明是非也。禮不妄說人，不辭費。(《禮記・曲禮上第一》)

22　敢詐偽，以給郊廟祭祀之服，以為旗章，以別（VP）貴賤等給之度。(《禮記・月令第六》)

23　謂君臣為謔。是故禮者，君之大柄也。所以別（VP）嫌明微，儐鬼神，考制度，別（VP）仁義，所以治政安君也。(《禮記・禮運第九》)

24　所以別（VP）嫌明微，儐鬼神，考制度，別（VP）仁義，所以治政安君也。(《禮記・禮運第九》)

25　其言滅獲何？別（VP）君臣也。(《春秋・公羊傳・昭公二十三年》)

26　耳不聽五聲之和為聾，目不別（VP）五色之章為昧，心不則德義之經為頑，……(《左傳・僖公》)

27 禮聘享者所以別（VP）男女，(《孔子家語．五刑解第三十》)

28 若果立瑤也，智宗必滅。」弗聽。智果別（VP）族于太史為輔氏。及智氏之亡也，唯輔果在……(《國語．晉語九》)

29 以至於夏、商，故重黎氏世敘天地，而別（VP）其分主者也。(《國語．楚語下》)

30 曩者使燕毋去周室之上，則諸侯不為別（VP）馬而朝矣。(《戰國策．燕》)

31 公事畢，然後敢治私事，所以別（VP）野人也。此其大略也。(《孟子．滕文公篇第三》)

這些或屬人或屬事物的主語，都可能使得賓語有若干狀態的改變。同時「別」這個動詞帶有「區別」的意義，可以有「別（VP）嫌明微」、「別（VP）五色」、「別（VP）同異」、「別（VP）君臣」、「別（VP）男女」、「別（VP）野人」、「別（VP）仁義」、「別（VP）貴賤」等。

4.3.2 「別 2」—「起動不及物」

再看「別」作 VH1 狀態不及物動詞用者，計九二行，例如：

32 譬諸草木，區以別（VH1）矣。君子之道，焉可誣也？(《論語．子張》)

33 其庶姓別（VH1）於上而戚單於下，昏姻可以通乎？(《禮記．大傳第十六》)

34 樂文同，則上下和矣。好惡著，則賢不肖別（VH1）矣。刑禁暴，爵舉賢，則政均矣。(《禮記．樂記第十九》)

35　貴賤明，同異別（VH1），（《荀子・正名篇第二十二》）

36　男女既別（VH1），夫婦既明。（《孔子家語・五刑解第三十》）

37　「敢問為政如之何？」孔子對曰：「夫婦別（VH1），父子親，君臣嚴，三者正，則庶物從之矣。（《禮記・哀公問第二十七》）

38　主人拜賓及介，而賓自入，貴賤之義別（VH1）矣。三揖至於階，三讓，以賓升，拜至……（《禮記・鄉飲酒義第四十五》）

假如拿例 21～31 的「別（VP）同異」、「別（VP）仁義」、「別（VP）貴賤」，對比於例 32～38 的「同異別（VH1）」、「夫婦別（VH1）」、「男女既別（VH1）」，可以很清楚的看到例 21～31 的賓語在例 32～38 中前移了。但是主事者究竟為何，確未必清楚。如：哀公向孔子「問政」，孔子說：「夫婦別（VH1），父子親，君臣嚴」，我們看到孔子回答的是「狀態」。底下，請看這個與「自」共存的「別」：

39　使人以有禮，知自（DH）別（VH1）於禽獸。（《禮記・曲禮上第一》）

而且在例 32～38 的「起動不及物」用法裏，正如例 16～20 中的「敗 VH1」，「別 VH1」的確有著與「自」共存的例子。相反的，「別 VP」則不與「自」同時出現，這就是語料裏呈現的搭配限制。

4.3.3 「別 1」、「別 2」的語音與語意演變

由「別 1」與「別 2」的分布來看，的確合於藏文 N- brad; sbrad 這個動詞的形態，為「自動」與「使動」的區別，就語音的對應或演變也與「敗」的兩個形態平行。也就是前文裏上古音演變規律 1 與 2 是成立的：[14]

規律 1 *N-b- > *b-

規律 2 *s-b- > *sp- > *p- > p-

至於藏文（及緬文）與上古漢語的這個同源詞的「意義」有些差別：藏文與緬文用於具體物件的「一分為二」或「一分為多」，而古漢語多已用在「區辨」的意義上。

40 與秦國合而別（VH1），別（VH1）五百歲復合，(《史記・本紀・秦本紀》)

不過，從例 40 倒還可以看出古漢語「別」確實有「一分為二」的用法，只是不多見。而同族語的存在，則證實了古漢語「別」字的原始意義是「分別」；而且因為有此例，可以上推到漢、藏、緬語的共同祖先－原始漢藏語（PST）的時代。

4.4 「裂」的交替、分布與語音

學者確認「別」與「裂」為同源詞，證據可由三方面說：一、「裂」從「別」得聲，這兩個字彼此間有諧聲關係。二、意義相同。

14 請參考表二。

三、由漢藏親屬語言（藏文、緬文）找到與「別、裂」對應的字，語言間的語音差異是成系統的、有規律的。本節則補入第四項證據，「別」與「裂」句法有著「平行」模式。首先，若「裂」字是「別」的同源形態之一，則「裂」與「別」本應有相同的「使動及物」／「起動不及物」交替。再者，「別」、「裂」與「分裂」、「離別」複合的方式是相「平行的」，而結構的分布也是「平行的」。

另外有兩方面需要討論：如果「別 1」／「別 2」是「使動及物」／「起動不及物」的交替，那「裂」對應的又是藏文的哪個或哪幾個形態？此外，「別」與「裂」的語音關聯是否合理？共有三個問題：一、「別」字的「及物／不及物」呈現「語音交替」，但同樣方式的交替卻不見於「裂」字？二、「祭部入聲」的「裂」如何與藏文的完成式 brad 相對應？三、在漢語裏與完成式的相關的語音變化又是如何？

4.4.1 「裂」—「使動及物」／「起動不及物」

我們若以「裂」查詢，得到共計六十九條。其中作為動詞（或述詞）的用法者有三。首先是「裂」作 VP 使成動詞者，計四十七行。例如：

41　召使者，裂（VP）裳帛而與之，曰：「帶其褊矣。」（《左傳．昭公》）

42　伯父若裂（VP）冠毀冕，拔本塞原，專棄謀主，雖戎狄，其……（《左傳．昭公》）

43　士蔑乃致九州之戎，將裂（VP）田以與蠻子而城之，且將為之卜。（《左傳．哀公》）

44 司空馬曰：「大王裂（VP）趙之半以賂秦，秦不接刃而得趙之半，……（《戰國策・秦》）

45 請裂（VP）地定封，富比陶、衛，世世稱孤寡，與齊久…（《戰國策・楚》）

46 故裂（VP）地以敗於齊。田單將齊之良，以兵橫行於中……（《戰國策・趙》）

47 臣或內樹其黨以擅其主，或外為交以裂（VP）其地，則王之國必危矣。」（《戰國策・韓》）

48 貴於秦，操右契而為公責德於秦、魏之主，裂（VP）地而為諸侯，公之事也。（《戰國策・韓》）

49 先王以為愜其志，以臣為不頓命，故裂（VP）地而封之，使之得比乎小國諸侯。（《戰國策・燕》）

50 古者聖王唯毋得賢人而使之，般爵以貴之，裂（VP）地以封之，終身不厭。賢人唯毋得明君而事（《墨子・尚賢中第九》）

51 吳王使之將，冬與越人水戰，大敗越人，裂（VP）地而封之。（《莊子・逍遙遊》）

而「裂」作 VH1 狀態不及物動詞用者，則有三例。綜列如下：

52 四分五裂（VH1）者，所以擊圓破方也。（《六韜・龍韜第三》）

53 故兵強則滅，木強則折。革強則裂（VH1），齒堅於舌而先斃。故柔弱者生之幹也，……（《文子・卷第一》）

54 ……如此者，譬猶廣革者也，大敗大裂（VH1）之道也。其政悶悶，其民淳淳。（《文子・卷第十二》）由此觀之，牆薄則前壞，繒薄則前裂，器薄則前毀，酒薄則前酸。（《新序・雜事第四》）

「裂」的分布並不完全相同於「別」，多出了例 55 至 64 共十一例的「動作不及物述詞」的用法。仔細檢視，語料庫標記上對同一個語詞處理或有差異，標記難免有別，如：「四分五裂」（《六韜・龍韜第三》）標記為 VH1，「四分五裂」（《戰國策・魏》）則標記為 VA。

55 ……則及其用之也，必自其急者先裂（VA）。若苟自急者先裂（VA），則是以博為帴也。（《周禮・冬官考工記》）

56 百人誠輿瓢，瓢必裂（VA）。（《戰國策・秦》）

57 不稱瓢為器，則已；已稱瓢為器，國必裂（VA）矣。臣聞之也：『木實繁者枝必披，（《戰國策・秦》）

58 不親於楚，則楚攻其南。此所謂四分五裂（VA）之道也。「且夫諸侯之為從者，以安社稷……（《戰國策・魏》）

59 中河，孟賁瞋目而視船人，髮植，目裂（VA），鬢指，舟中之人盡揚播入於河。（《呂氏春秋・八覽・孝行覽第二》）

60 ……帷西嚮立，瞋目視項王，頭髮上指，目眥盡裂（VA）。項王按劍而跽曰：「客何為者？」（《史記・本紀・項羽本紀》）

61 ……有后戚，其歲不復，不乃天裂（VA）若地動。斗為文太室，填星廟，天子之星也（《史記・書・天官書第五》）

62 ……不親於楚，則楚攻其南：此所謂四分五裂（VA）之道也。（《史記・列傳・張儀列傳》）

63 故兵強則滅，木強則折，革固則裂（VA），齒堅於舌而先之敝。是故柔弱者，生之榦（《淮南子・卷一原道訓》）

64 及虙戲氏之道也。往古之時，四極廢，九州裂（VA），天不兼覆，地不周載，火爁炎而不滅……（《淮南子・卷六覽冥訓》）

又如：「革強則裂」(《文子·卷第一》) 歸於 VH1，但「革固則裂」(《淮南子·卷一原道訓》) 則歸於 VA。[15]如果從《文子》後面接續著「齒堅於舌而先之斃」，牙齒會因此比舌頭早「斃命」，則推論出「敝、滅、折、裂」都是動詞（VH1）。同樣的辦法，也可以由《淮南子》後面接續著「齒堅於舌而先之敝」，牙齒比舌頭堅固，所以早一步「毀損」，推論出「敝、滅、折、裂」都是述詞（VA）。事實上，無論哪一種，都可以用「及物」或「不及物」二分其對主語加以陳述說明的作用。在此，以「及物性」區分來「裂」字：可以有「及物」的 VP，與「不及物」的 VH1、VA。

4.4.2 「自」與「自主意願」

與「敗」、「別」的分布有個非常不一樣的地方：前面看到的是「敗」、「別」，都是「起動不及物」搭配「自（DH）」，而「使動及物」則否。但，這個「使動及物」的「裂」卻能與「自（DH）」搭配出現。關於這個現象，我們認為問題出在古漢語「自」有兩種用法。一個是反身，一個強調親自參與。前者配合「不及物動詞」，後者搭接「及物動詞」。

65 因自（DH）裂（VP）其親身衣之裏，(《韓非子·第十四篇姦劫弒臣》) [16]

---

15 我們來看一組有趣的例子，也是顯示著VA與VH1的關係密切。「晨往，寢門闢（VAU）矣。」(《左傳·宣公》)；「上令行（VA）而荒草闢（VH1）。」(《商君書·壹言第八》)

16 此段原文為：「余又欲殺甲而以其子為後，因自裂其親身衣之裏，以示君而泣，曰：『余之得幸君之日久矣，甲非弗知也，今乃欲強戲余，余與爭之，至裂余之衣，而此子之不孝，莫大於此矣。』君怒，而殺甲也。」

前文我們看到的是「敗」、「別」都是「起動不及物」搭配「自（DH）」，而「使動及物」則否。在現代漢語裏「起動不及物」搭著「自（DH）」出現，表示句子裏沒有「隱含的主事者」。如湯廷池（2002：617）的例 6a 與 6b，只有不含主事者（或施事者）的「起動不及物」搭配「自個兒」、「自動」可以成立；而隱含主事者則否：

6a.　門{自個兒／自動}開了。

6b. *門 pro{自個兒／自動}{踢／開}了。

再配合本文所需的「親自」（帶「自主意願[17]」）作比較，就更清楚了：

66　*他親自自動開了門。

從湯廷池所舉例 6ab 與本文例 66 中，可以觀察到三個特徵：一、凡有明顯或隱含的主事者，都不能用「自動」。二、當施事者在主語位置者，則可加「親自」。三、「門自動開了」是「起動不及物」，而「他親自開了門」則是「使動及物」。由此我們注意到，漢語「自」其實是分兩類語義內涵的，一類是「無外力協助（如「自然」）」，一類是帶「自主意願（如「親自」）」；同時，這兩類由結構上的「及物性」可加以判斷。雖然古漢語與現代漢語的「自」語義有差異，但就結構分布上卻是一致的，這可以證實兩者語義應有演變上的關聯。

在雅洪托夫（1986：221）談上古漢語虛詞「自」時，即指出「自」字可表反身「『自』字表示行為的客體和行為的主體是一致的」。另外「自」還有第二種用法，那就是「『自』表示『親自』，它

17　自主意願，即volitional。

後面的動詞保留賓語」。在表示「親自」意義上，雅洪托夫舉《史記・淮陰侯列傳》「何聞信亡，不及以聞，自追之。」為例，這句的主事者為蕭何，親自去追韓信，其特點是保留賓語「之」。

同樣的，古漢語語料庫裏的「自（DH）」除了作反身外，也有表自主的。前者不含主事者，並非自主意願使然；另一類，則是主事者及其自主意願的動作展現。前者的「自」語意相當於「自己（自然）」。其結構特徵在不含主事者，動詞是不及物，典型的情況如例 16 的「則戰之自敗，攻之自毀者也。」或例 17「有此數者，內自敗也，世將不能禁。」等。同樣的，帶有「自」的句子，其結構也都是「不及物」，如例 39「使人以有禮，知自別於禽獸。」人民之所以有禮、之所以有別於禽獸，不是他們自主意願的展現，是情勢造就、自然而然的結果。因此得知其語意不含自主意願、也無外力協助，無隱含或明確施事者。

至於例 65，則剛好相反：其結構特徵是帶主事者，且為及物句。這句是說春申君有一妻妾，名叫「余」，為了爭寵，而「自己撕裂」她的貼身衣物好達成目的。這句的「自」，語意正是「自主意願」。凡句子帶著「自主意願」者，必有帶有施事，而這施事者在本句正是主語「余」。「自裂其親身衣之裏」等同於「余自裂其親身衣之裏」，正如現代漢語「他自己開了門」，可見同是「使動及物」。

本小節證實古漢語「自（DH）」有兩種用法。一個是反身，一個強調親自參與。前者配合「不及物動詞」，後者搭接「及物動詞」。例 16、17、39 源出於前者，為不及物動詞或述語；例 65 則屬於後者，搭配及物動詞，並留有直接賓語。同時，也因兩種不同的「自」，將例 16、17、39 及例 65，區隔為「起動不及物」與「使動及物」。

4.4.3 「別」與「裂」—祭部入聲／祭部去聲的交替

在語音方面則有三個問題需要處理：(1)「別」字的「及物／不及物」呈現「語音交替」，但同樣方式的交替卻不見於「裂」字？[18]（2)「祭部入聲」的「裂」如何與藏文的完成式 brad 相對應？（3）在漢語裏與完成式的相關的語音變化又是如何？如果，「裂為別的完成式」假設為確，那麼（2）與（3）其實是同一件事；一個是從藏文角度說，一個是從漢語角度出發。本小節要證實這點。

「裂」字，根據董同龢（1944：190、194），列於「祭部入聲」，並沒有讀為去聲的又讀。但是，從「列」得聲的字，的確跨「去聲」／「入聲」兩類，即上古「祭部去聲」與「祭部入聲」。如大家熟悉的「例」字在「祭部去聲」，「列」卻在「祭部入聲」。更甚者，同字有又讀，如「栵」字有「去聲」／「入聲」兩讀。[19]

從歐德利古爾[20]即已注意到古漢越語的去聲對應於越南語的問、跌兩聲。這個經典的觀察，開啟了去聲來源的研究史，意指聲調有可能為後起。在上古音裏，「去聲」／「入聲」的接觸是很非常頻繁的現象，也是學界長久以來具高度挑戰性的問題。在近幾十年的發展裏，學界對「去聲」的起源，已凝聚高度的共識。其關鍵在梅祖麟〈四聲別義中的時間層次〉裏，他談到漢語的去聲與藏文的 *-s 後綴

18 「裂」何以未與「別」一樣有語音交替？這個屬「及物／不及物」(或使動與否）的問題，與「別、裂」間的是否關連、是否為同一動詞的不同型態是兩件事。不但需要分開來看，且與本節主旨無關。

19 在表一的「及物I」裏，「過去／未來」兩形詞頭相同，但詞尾有別。藏文的過去式加 -s，未來式則否；相應於上古漢語，則 -s 尾為去聲來源，另一個形式應為入聲。

20 Haudricourt原發表於Journal Asiatique 242（1954）。後來經馮蒸1976-7翻譯，〈越南語聲調的起源〉，收在《民族語文研究情報資料集》第七集，中國社會科學院民族研究所研究室編。

同源，可以上溯到原始漢藏語。在原始漢藏語裏，*-s 不但是做動詞形態的標記，還可以使動詞轉換為名詞。這點藏文與上古漢語是一致的。規律 3a 與 3b 原是一組以 *-s 後綴為手段形態變化，但是到《詩經》時期已呈現聲調的區別。

*-s 詞綴的構詞功能確立了，語音卻有落差。主要的問題在於：漢語上古音 3a、b 與藏文 4a、b 的 *-s 所分布的明顯不同。《詩經》之前的上古音（OC）是去、入兩聲的接觸，也就是 -p，-t，-k 後面可以接 -s[21]；而藏文的 *-s 則只能前接「元音」，以及「後加字」[22]-g，-b，-ng，-m，成為後綴；而不加在「後加字」-n，-r，-l，-d 後端。

規律	原始漢藏語	前上古漢語	上古漢語	古藏文	藏文
3a	{*-p,*-t, *-k}+ *-S	{*-p,*-t, *-k}+ *-S	《詩經》去聲		
3b	{*-p,*-t, *-k}	{*-p,*-t, *-k}	《詩經》入聲		
4a	{*-p, *-k}+ *-S			{*-p, *-k}+ *-s	{*-p, *-k}+ *-s
4b	{*-T}+ *-S			{*-T}[23] +*-d	{*T}+ *-ø

漢語上古音（OC）與古典藏文（WT）的 -s 分布的差異，我們以李方桂、柯蔚南（2007）古藏文（OT）碑銘詞尾複輔音仔細觀察。有幾個有意思的發現：就古藏文來說，「再後加字」-d 與 -s 是互補分布的。（但歷經三次「釐訂（文字規範化）」過程，幾乎把 -d 都取消掉了）。碑銘石刻[24]是正式文書，反映著當時語音的真實樣貌。然而，

21 按董同龢、李方桂等學者的系統，這些與入聲接觸的陰聲韻（主要指的是去聲），韻尾應該是-b，-d，-g。

22 「後加字」即音節尾輔音。

23 這裏用大寫T代表藏文輔音-n，-r，-l，-d韻尾。

24 碑銘石刻是在大規模「釐定」前即已完成的。

從李方桂、柯蔚南（2007）後面的詞彙表裏，我們看到韻尾為 -n，-r，-l 的再後加字 -d 游離、有成為自由變體的現象，而且各韻尾變化的速率不一。下表列出 -rd／-r 與-ld／-l：

表四　碑銘文獻的 -rd／-r 與 -ld／-l（李方桂、柯蔚南 2007）[25]

藏文	意義	頁碼	備註
gyur／gyurd	改變，變成	p.239	完成式
nard／nar	繼續，延續	p.266	
sbyard (-pa)／sbyar	加入	p.280	完成式
stsal／stsald	給予，賜與	P.285	
gsold (-ba)／gsol-ba	調用，號召	p.305	

表四所列全是動詞，有部分經李先生確認為完成式。這顯示 *-d 其實是動詞完成式（過去式）標記 *-s 的詞音位變體，只出現在（-n）[26]，-r，-l 之後。根據這項關鍵語料，我們得知古藏文的 *-s 後綴隨著韻尾是否為舌尖音而有區別。凡是舌尖音韻尾用 *-d 後綴，凡是非舌尖音韻尾用 *-s 後綴。意思是古藏文動詞都以「加綴」的形式變化，只是實際採哪個語音形式要看前接輔音來決定。

由古漢語的去、入接觸，或可推測古藏文的詞音位 *-d／*-s 為藏語裏單獨發生的變化。理由很簡單，如果原始漢藏語即有 *-d／*-s 詞音位的用法，在漢、藏分支的初期應各有保留，但我們看到的狀況卻

---

25 「頁碼」為該詞在李方桂、柯蔚南（2007）書中的所在位置。

26 由於碑銘沒有例子，不確定如何變化。柯蔚南（1984：110）引了托斯馬一個有意思的詞：mnyan／mnyand。羅秉芬、安世興（1981：33）也舉了幾個敦煌-nd~n的例子。

是漢語未發現詞音位存在的蹤跡。藏文方面的固然是：由古藏文與現代藏文的拼寫差異，知道藏文之所以不見 *-d，只見 *-s，是因文字的規範化（釐訂），而非真正沒有。但在漢語方面卻很難解釋：古漢語去、入接觸是三個發音部位都有的現象。假使原始漢藏即有「詞音位變體」，則無法解釋漢語舌尖部位輔音的去聲來源。儘管如此，漢語上古音（OC）與古典藏文（WT）的 *-s 分布的差異有緣由可循，可以將規律 3a、b 與 4a、b 的 *-s 後綴，暫時以大寫的 *-S 來表示。

再回到上古音的議題。儘管，「裂」字在文獻上只有「入聲」一讀。但是有一個字見於《廣韻》，而不見於《說文解字》，這字是「帮」。「帮」字收在《廣韻》「去聲祭韻」，為一去聲字，解為「帛餘」。而「裂」在「入聲薛韻」，「擗裂，破也。左傳曰：裂裳帛而與之」。從「裂」與「帮」的形符以及解釋看來，這兩個字恐怕指的是同一件事。「裂」字，從「列」從「衣」；「帮」字，從「列」從「巾」。兩字的「列」為聲符。而「衣」、「巾」皆為形符，指的是非常珍貴稀有、上好的紡織品，綾羅綢緞、錦衣玉帛之類。從這個角度看，「衣」、「巾」可說是近義或同義詞。那既然有常用字「裂」，何必又多造「帮」？

《集韻》也把「帮」收在「祭韻」的「力制切」裏，而且說「帮」或作「㓮」。這麼一來，就是說「裂」、「帮」、「㓮」其實是異體字。請看《正字通》寅集裏的巾部：

> 舊註「力致切」，音「例」，「帛餘」。按《說文》「衣部」，「裂」訓「繒餘」，「良薛切」。「帮」與「裂」義通，有去、入二聲，誤分為二。

《正字通》指出「裂」、「帮」為異體字。歷來字書或韻書無法解釋，這幾個異體字何以有去、入兩種音讀。我們認為這個去聲的

「[illegible]」（或「[illegible]」），正反映著「裂」在語源上尚有「去聲」一讀。我們可以合理地判斷：在古漢藏語的時代有詞尾的區別，藏文保留，而漢語在字形上則只造了一個「裂」。而後造的「[illegible]」（或「[illegible]」）與「裂」字所表示的去、入兩種語音形式，都是源自原始漢藏語。這種情況就像是從漢藏比較與漢語內部的證據顯示，上古漢語有「吾」也有「我」；但是以文字觀點（甲骨、金文）來看，卻有「我」無「吾」。梅祖麟（2007）透過漢藏比較與原始漢藏語構擬，談到「吾」字雖然造字在後，但其語音形式卻不可能後起。

所以我們由語音的角度連繫了（2）與（3）：「祭部入聲」的「裂」如何與藏文的完成式 brad 相對應，以及在漢語裏與完成式的相關的語音變化又是如何？。也就確證「裂為別的完成式」的假設是對的：一方面解決藏文的問題，一方面也處理了漢語的異讀。

4.4.4 「別」、「裂」複合詞的分布

我們發現上古已有「分裂」、「離別」的組合方式，而且由語料庫的標記可以知道是作為複合詞。如果比較「別」、「裂」與「分裂」、「離別」的動詞用法，有兩點值得注意：其一、複合的方式是相「平行的」。其二、結構的分布也是「平行的」。那麼，由這兩項證據的存在，更加支持「別」、「裂」為同一個動詞的不同型態。

首先，以「分裂」作查詢，會看到可以有兩種用法。其一是，例 67 至 70 的「狀態不及物動詞（VH1）」用法，其二是，例 71 至 74 的「使成動詞（VP）」用法。首先，請看「狀態不及物動詞（VH1）」者：

67 行冬令，則國多盜賊，邊竟不寧，土地<u>分裂</u>（VH1）；行春令，則煖風來至，(《禮記・月令第六》)

68 行冬令，則國多盜賊，邊境不寧，土地<u>分裂</u>（VH1）。行春令，則暖風來至，(《呂氏春秋・十二紀・季秋紀第九》)

69 行冬令，則國多盜賊，邊竟不寧，土地<u>分裂</u>（VH1）。行春令，則　風來至，民氣解隋，(《淮南子・卷五》)

70 故大封同姓，以填萬民之心。及後<u>分裂</u>（VH1），固其理也。(《史記・世家・齊悼惠王世家》)

再就「使成動詞（VP）」者：

71 使者直道而行，不敢為非。今太后使者<u>分裂</u>（VP）諸侯，而符布天下，操大國之勢，強徵兵 (《戰國策・秦》)

72 因利乘便，宰割天下，<u>分裂</u>（VP）河山，彊國請服，弱國入朝。延及孝文王 (《史記・本紀・秦始皇本紀》)

73 起隴畝之中，三年，遂將五諸侯滅秦，<u>分裂</u>（VP）天下，而封王侯，政由羽出，(《史記・本紀・項羽本紀》)

74 流血漂櫓，因利乘便，宰割天下，<u>分裂</u>（VP）山河，彊國請服，弱國入朝。(《史記・世家・陳涉世家》)

這兩種用法，凡是後接賓語者，都屬「使成動詞」；若否，則為「狀態不及物動詞」。兩者，「狀態不及物動詞」與「使成動詞」是「並存」的。根據《禮記》「土地分裂」的「分裂」是「狀態不及物動詞（VH1）」，而《戰國策》「分裂諸侯」的「分裂」是「使成動詞」，是「及物」動詞。《禮記》與《戰國策》的成書年代與作者不明，但皆早於秦漢，年代顯然不是變因。

由「土地分裂」與「分裂諸侯」，可以有兩點觀察：一、「分裂」

是「不及物」的用法，為「動補式複合詞」，最早的記載可以上推到《禮記》的時代。二、而「分裂」作為「及物」動詞時，應該視為「並列式複合詞」，根據記載最早出現在《戰國策》。同樣是「分裂」，前者是「分之使裂」，後者則是「分之裂之」，所以在「複合詞」的歸類上有所不同。看來「分裂」作為「並列式」或「動補式」複合詞[27]，由來已久。

在上古文獻出現的複合詞，還有「離別」。一樣有「及物」與「不及物」兩種用法。例 75 標示著 VP 為及物，而例 76 的 VH1 為不及物：

75　俶真者，窮逐終始之化，嬴垺有無之精，離別（VP）萬物之變，合同死生之形，使人遺物反己……（《淮南子・卷二十一要略》）

76　「回以此哭聲非但為死者而已，又有生離別（VH1）者也。」子曰：「何以知之？」（《孔子家語・顏回第十八》）

一如複合詞「分裂」，「離別」的「及物」與「不及物」兩種用法，也一樣呈現出「並列式」與「動補式」的複合方式的差別。前者是「離之別之」的複合，後者是「離之使別」的複合。

「分裂」與「離別」，其複合組成的辦法是相「平行的」。以「裂」造複合詞「分裂」，以「別」造複合詞「離別」，這種對稱、平行的複合方式更加堅定我們對「裂」、「別」是同一動詞的不同形態的信心。

我們在這節裏看到兩件事：一、「裂」與「分裂」、「別」與「離

27 語料庫「分裂」的標記，以兩字為單位而非逐字逐字，可以判斷其為「複合詞」。「離別」亦是如此判斷。

別」的「分布特徵」是相同的，都有著「及物／不及物」兩種用法。二、「裂」、「別」採取相同的「複合方式」，兩者兼具「並列式」與「動補式」。這些一再證實了：「裂」、「別」是同一動詞的不同形態。

4.5 由「分布特徵」、「複合」、「*-s」證實別裂為一動詞

經過上面的討論，上古漢語的「別 1」、「別 2」、「裂」與藏文 N-brad；sbrad ; brad (pf.) 的形態兩兩相對應。所以，要從「同樣」分布特徵的字找這個動詞的「不同形態」。而且，重點要擺在：句法結構具同樣分布特徵，且語音有規律的對應關係，而不一定需要拘泥於「字形」的限制。

如果從漢藏語比較，將發現：藏文 N- brad; sbrad ; brad 保留詞綴；而上古漢語前綴卻丟失了，有些時候會影響後接輔音，有時卻不留痕跡。我們可以把引到的上古漢語音韻變化整理如下：

規律 5. N-詞頭丟失，不影響輔音。如：「別 2」*N-brjat > *brjat。

規律 6. s-詞頭丟失，使得濁輔音清化。如：「別 1」*sbrjat > *sprjat > *prjat > pjät。

規律 7. 濁輔音 b 丟失。如：「裂」*brjat > rjat > ljät。

第五章

從「漢藏語音對應」與「副詞的共存限制」論漢藏語的「別」同源詞[1]

5.1 從「毋」與「動詞形態」的共存限制找「命令式」

龔煌城先生的另一篇文章裏（2002：107），藏文 N—brad；sbrad；brad 還有另一個形態，命令式 brod。而且，目前尚未尋獲與 brod 相應的漢語同源詞。原來藏文的這個動詞應該是「及物」／「不及物」並存的，但是命令式 brod 應該只有「及物」一形。因為，只有「及物」動詞有「命令式」。

設若我們要找相應於藏文命令式 brod 的上古漢語：就可以把範圍縮小一點，由幾個對應於藏文 o 元音的漢語韻部裏著手。找究竟哪些是與「別」、「裂」有同樣的「分布特徵」，而且應該是「及物」的。

我們假定在句法方面，不同的副詞與動詞的某種特定型態彼此間有著共現或者互斥關係。所以只要設定好副詞類型，即可找到對應的動詞形態，例如「時間副詞」與動詞的時態有密切的連結等。除了「請」或「俾」與「悖」的搭配外，否定副詞「毋」也能證實這個論

1　本章為受國科會補助101年度計畫〈（古）藏文資料轉寫檢索系統與漢藏同源詞〉（計畫編號：101-2410-H-260-046-，執行期間：2012/08/01～2013/07/31）的執行成果之一。又，本章裏所有《論》、《孟》、《左》的語料，皆來自「中央研究院上古漢語標記語料庫」。特此一併致謝。

點。設若「悖」為「別、裂」的祈使式，而「毋」為「禁制詞」，則可預期「毋」與「悖」的共存且「毋」與「別、裂」的互斥。

音韻方面討論的重點有二，藏文動詞常以 a~o 交替做為「命令式」的方式，何以基式為 a 元音？其次，與其相對應的上古音形式共有四個可能：分別是*wə、*wa、*ua、*-agw，各有其聲母的搭配限制。本章從漢藏兩個方向討論「悖」做為同源詞，是符合規律的。

在我們討論「別」的「命令式」前，先以「時間副詞」與動詞形態為例，觀察句法的「共存限制」。假設「時間詞」既然指涉「時間」，就應該搭配相應的「動詞形態」。換言之，「動詞形態」與「時間詞」之間有「共存限制」的。既此，我們就由「時間詞」入手，看相配的是哪一個？古漢語表示「時間」的有兩種詞類範疇，一是「時間副詞」，另一個是「抽象名詞」。

5.1.1 時間副詞「今」與「現在時」的共存

「上古漢語標記語料庫」裏，表示時間的「名詞」（NA5）有：「古」、「歲」、「時」、「四時」、「載」、「今」、「秋」、「昔」、「翼日」、「朝夕」、「夙」、「夜」等。而表示時間的「副詞」（DD）有：「已」、「方且」、「乍」、「卒」、「初」、「始」、「姑」、「將」、「嘗」、「復」、「屢」等。我們將一一配對檢視這些「時間詞」，與特定動詞的時間（「現在時」、「過去時」及「未來時」）關係如何？究竟這些同源字裏有哪些是同時式的？又有哪些是同一個動詞的不同時式？以下用古漢語的「別」、「裂」檢驗，並加以說明。

若要找「現在時」，從指示當下的時間點入手應該是最便利的。所以，我們選「今」作為切入點，能夠出現的都是「別」。「今」與「現在時」的共存，例如 1 至 3：

1　今（NA5）魚方（DD）別（VH1）孕，不教魚長，(《國語·魯語上》)

2　今（NA5）別（VH1）為三，彼敗（VP）吾一軍（《史記·列傳·黥布列傳》)

3　今（NA5）不別（VP）其義與不義，(《呂氏春秋·十二紀·孟秋紀第七》)

而底下的例 4 至 6，都是跟時間副詞有關。我們以「既」、「已」和「已而」作觀察，會看到與「過去時」的共存的現象。其中，「別」為 VH1 的「過去時」。

4　男女既（DD）別（VH1），夫婦既（DD）明。(《孔子家語·五刑解第三十》)

5　已而（DD）別（VH1），今願復（DD）得鄭。(《韓非子·第三十篇·內儲說上》)

6　……已（DD）盟，與晉別（VH1），欲伐宋。(《睡虎地秦墓竹簡·秦律十八種·倉律》)

5.1.2 時間副詞「將」與「未來時」的共存

接下來，在 7 至 12，我們以副詞「將」與「未來時」的共存做檢核。若「將」所指示的時間點是「未來」，那麼這就是一個「尚未發生」的事件。

7　將（DD）何以為別（NI）乎？」(《莊子·盜跖篇》)

8　五紀六位將（DD）有別（NI）乎？且子正（DD）為名。(《莊子·盜跖篇》)

9 未始（DD）[+attr]有別（NI）也。未始（DD）[+attr]有別（NI）者。(《呂氏春秋．十二紀．孟春紀第一》)

10 乃致九州之戎，將（DD）裂（VP）田以與蠻子……(《左傳．哀公》)

11 道術將（DD）為天下裂（VPU）。(《莊子．天下》)

12 天無以清，將（DD）恐裂（NI），地無以寧，將……(《老子．德經》)

我們觀察到，漢語裏都用「裂」的動詞形式（VP）或者「別」的名詞形式（NI）。與這裏相關的是「裂」，已知「裂」對應 WT 的 brad (pf)（有學者歸於「過去時」的範圍），但「裂」又與「將」一起出現。那這個意思是，「裂」是「過去時」與「未來時」同形的動詞。若此，可上推到原始漢藏語，「裂」以藏文的動詞變化表來確認的話，就應該是表一裏的「及物 I」類。

5.1.3 複雜雙賓動詞與「命令式」的共存

那要如何找出「別」、「裂」的「命令式」（或稱「祈使式」）？我們由「請」與「別」、「裂」搭配開始，以下是語料庫裏，「請」與「別」（或「裂」）同時出現的例子。請留意下面 13 至 15 的例子裏，「別」、「裂」兩者都是以 VP 形式出現：

13 請（VF）別（VP）白黑，所以異陰陽。(《史記．列傳．蘇秦列傳》)

14 東游於齊乎？請（VF）裂（VP）地定封(《戰國策．楚》)

15 請（VF）裂（VP）故吳之地，以封子墨子。(《墨子．魯問第四十九》)

古漢語的「請」並不等同於現代漢語的「請」，現代漢語的「請」虛化程度大。可是，卻啟發我們以 VF 複雜雙賓動詞，作查詢。若此，將看到底下兩種與「悖」有關的句式。

16　匪（DC）用其良，覆俾（VF）我悖（VH1）。（《詩經・大雅・桑柔》）

17　匪（DC）用其良，覆俾（VF）我悖（VH1）。（《左傳・文公》）

18　使（VF）不相悖（VH1）；（《韓詩外傳・卷六》）

例 16 至 18 都是「俾、使」搭配「悖」出現的例子。其中的「俾」，比較接近「使」的用法，還不是現代漢語典型的「命令式」。但「使不相悖」中，「使」的否定式與「悖」同時出現，讓我們注意到：「悖」即可能是「別」、「裂」的「祈使式」。理由是，「使不相悖」的「相」既然作為「表示互相，交替地」[2]的涵義，「悖」就應該是個及物動詞[3]。表面結構裏看不到賓語，是因為副詞「相」的緣故。魏培全（2001：140）談到上古漢語「相」總是擺在動詞前，可以視為副詞，但又兼具代詞的功能。在魏培全（2001：142）裏，是這麼說的：

> 「相」的功能相當互指代詞，在它所修飾的動詞之後如果不帶名詞組，可以視為隱含了一個反指主語的賓語。例如：
>
> 65. 若使天下兼相愛、國與國不相攻，家與家不相亂，盜賊無有，君臣父子皆能孝慈。（《墨子・兼愛上》）

2　可參考楊伯峻、何樂士（2001：298）。

3　又楊伯峻、何樂士（2001：519、763）。

魏培全（2001：142）的引例裏，由動詞「愛」、「攻」、「亂」後面的賓語都能被還原的情況，即可推知凡帶有前接成分「相」者，都是及物動詞。因此「使不相悖」的「悖」是及物動詞，更由於「使」標記了「悖」為「祈使式」。

5.2 漢藏語音的「規律對應」看「悖」

本小節要從漢藏語音的「規律對應」，深化「悖」即是「別」、「裂」的「祈使式」。就「悖」與「別」、「裂」的字形，是看不出「悖」與「別」、「裂」的關聯的。而，「悖」之所以為「別」、「裂」的「祈使式」，關鍵不但在「句法分佈」，更在「語音對應」。

首先，我們知道藏文 N—brad；sbrad；brad，而命令式為 brod。也許讀者會很好奇，這是否同屬一個動詞？在藏文中常用元音轉換造動詞的命令式，這種元音交替以 a~o 的類型最為常見。一般認定這些動詞以 a 元音做為基式，而 o 元音的轉換是造命令式的方式之一[4]。例如：

表五　藏文 a～o 交替的動詞[5]

現在時	過去時	未來時	命令式	詞義
N- brad	brad	dbrad[6]	brod	抓表面，刮，擦
N- bab	bab（s）	dbab	bobs	落下，降落

4　還可以加後綴 *-s 的方式為之，或者既 a~o 交替又加 *-s 後綴。

5　〈表六〉與〈表七〉，擷取自柯蔚南（1984：119～131）。

6　這裏多收了一個「未來式」dbrad，格西曲札（1985：597）解釋為「刮，抓，鏟，搔」；在張怡蓀（1998：1962）亦收進詞典「 དབྲད་པ།　འབྲད་པའི་མ་འོངས་པ། 」。語音對應的問題雖尚待討論，但由同表動詞規則變化判斷為其未來式。是以收之。

N- phral	phral	dpral	phrol	分開，分割
N- khal	bkal	bkal	khol	紡織
N- chag	bcags	bcag	chogs	踩踏，走
N- cha	bcas	bca'	chos	製造，準備

上表所列動詞不完全用同一種加綴的方式形成形態變化，但都有個共同特徵：現在、過去、未來三式的元音用 a，命令式則用 o 元音。認定這些動詞的「基式」為 a 元音有兩個理由。一、多數的形態都以 a 為元音，而以 o 為元音的只出現在命令式。二、有些動詞四個形態都以 o 做元音（見表六），在這種分佈下，必須說是 a 類（見表五）以 a~o 的轉換為手段造命令式，而反之則不成。相反的，假定這些動詞的「基式」為 o 元音，則無法解釋何以表六與表五的動詞未採取一致的構詞變化，即 o 元音（如「命令式」）轉為 a 元音（如「現在」、「過去」、「未來」等）。

表六　藏文 o 元音動詞

現在時	過去時	未來時	命令式	詞義
N- cho	bcos	bco	chos	製造，建築
N- thog	btogs	btog	thogs	拔，扯
N- tshog	btsogs	btsog	tshogs	砍伐，剁
N- gom	bgoms	bgom	N- goms	踩踏，通過

這是何以一般認定藏文動詞的「基式」為 a 元音，以 a~o 的轉換為手段造「命令式」的理由。

令我們好奇的是：如果藏文採取 a~o 的轉換為手段造命令式，那麼漢語呢？有兩種可能的狀況，一、與藏文採同樣的模式，二、則是完全沒有這類轉換的命令式。前者表示動詞的構詞法可以上推至原始漢藏語。後者則兩種語言在時式方面一致，而在祈使式卻有分歧。構詞規則，尤其又是同一詞類範疇裏的同一組詞分別變化，並非語言的常態。第二種方案需要更多強而有力的理由，而且需要處理的後續問題也更多，例如祖語原有的構詞法面貌如何等。因此，我們先以第一種方案做為工作的假設。一旦證實，即得知漢、藏皆以 a~o 的轉換造「命令式」，也表示此組動詞的構詞法可以上推至原始漢藏語。

我們需要先處理的部分是藏文的 o 元音，究竟與上古漢語哪個元音或是哪幾個元音對應？根據龔煌城（2011：217～246 或 2002：84～87）與〈漢藏語概論〉的課堂講義：漢語上古音還保留著原始漢藏語（PST）的四種不同的複元音或韻尾組合 *ua、*wə、*wa、*aw 的分別，但其中的 *aw 演變為 *-agw。可是藏語的狀況就不同了，藏文把來自原始藏緬語的 *ua、*wə、*wa、*aw 幾乎全都合流為 o 元音[7]。

換句話說，藏文的 o 元音共有四個相對應的上古音形式；分別是 *wə、*wa、*ua、*-agw。表七是上古漢語的對應與分佈：

表七　對應藏文o元音的幾個上古韻部

*wə		*wa		*ua		*-agw	
之部（陰、入）	合口：P，K	魚部（陰、入）	合口：P，K	元部	合口：T	宵部（陰）	P，T，K
蒸部	合口：P，K	陽部	合口：P，K	歌部	合口：T		
幽部（陰、入）	P，T，K	歌部	合口：P，K	祭部	合口：T		
中部	P，T，K	祭部（陰、入）	合口：P，K				

7　但有一部分原始漢藏語的*aw在藏文裏分化變為–og，而上古漢語裏與PST同樣來源的*aw，則還是一樣是在同一類（OC*-akw）。本文關心的是相應於藏文o的漢語上古音，所以可以先把這部分的來源擱置。

微部（陰、入）	合口：P，T，K	元部	合口：P，K				
文部	合口：P，T，K	葉部	合口：P				
緝部	合口：（T）	談部	合口：P				
侵部	合口：P						

我們可以解釋表七如下：一、除了微文部外與少數的緝部字外，*wə、*wa 分佈在與 ə 元音、a 元音相配的舌根字、唇音字。唇音字或為開口或為合口，但從來不對立。二、*ua 則是為了處理歌部、祭部、元部的舌音、齒音特有的開合口對立而設置的複元音[8]。三、至於 *-agw 則只有上古宵部陰聲字[9]。

「悖」有「去」、「入」兩讀[10]。「悖」字的「去」聲在《廣韻》去聲隊韻：「悖，心亂」。而《廣韻》入聲沒韻：「悖，逆也」。「悖」從「孛」得聲，在上古屬於「微部」。《說文解字》等字書將「悖」視為「誖」異體字，兩字都有「去」、「入」兩讀，這兩讀皆是上古「微部」。我們的討論裏以「悖」字為主軸，因為「誖」語料少，「悖」語料多。更重要的是，「悖」字有具決定性的證據。

上古漢語「悖」是「微部」入聲的合口唇音字，依李方桂和龔煌城系統擬為 *brwət。從表七的對照，我們知道「悖 *brwət」與藏文的「brod」是規律的對應。

8　李方桂（1971：52）：「中古的合口字大多數是從上古的唇音及圓唇舌根音變來，但是這三部舌尖音的合口字，必須暫時擬一個*ua複合元音。」

9　李方桂（1971：61）[宵部]「陰聲類的演變到後來都收-u音的緣故，我們擬訂這部的韻尾是圓唇的舌根音*-gw, *-kw。」

10　同時很有趣的一點是在現代漢語的發展上，按理是「入聲」的字卻讀作去聲，按理讀「去聲」字卻併入「陽入」的發展。不過，這已經是另一個問題了。

5.3 「毋」與「悖」的共現對比於「毋」與「別、裂」的互斥

5.3.1 「毋」與「悖」的共存

本小節，我們要利用「禁制詞」——「祈使式」的標記，證實「悖」是「別」、「裂」的「命令式」。除了「請」或「俾」與「悖」的搭配外，否定副詞「毋」更能證實這個論點。假設「悖」為「別、裂」的祈使式，而「毋」為「禁制詞」（否定副詞），則應該可見：一、「毋」與「悖」的共存。二、「毋」與「別、裂」的互斥。

在我們進入討論前，先來看「毋」為「禁制詞」的例子。[11]楊伯峻、何樂士（2001：327）指出「毋」有三種用法，與本文相關的是第一種：

> 一　用于動詞前，主要表示禁止或勸阻。
>
> （1）城濮之役，王思之，故使止子玉曰：毋死。不及。（左傳·文公十年）2.576
>
> （2）將軍毋失時！時間不容息。（史記·張耳陳餘列傳）8.2575
>
> 有時，表禁戒的"毋"可單獨成句，如：
>
> （3）原司為之宰，與之粟九百，辭。子曰："毋！以與爾鄰里

---

11 太田辰夫（1987：279）認為起初「無、毋」表示「否定」存有的概念，也可以表示禁止；後世則分開，以「無」表示存有的否定而以「毋」表示禁止。立論的根據是從《論語》有「無、毋」的區別而《孟子》沒有，認定是後人傳抄《論語》時改寫的。不過根據定州漢墓竹簡與馬王堆《戰國縱橫家書》裏兩字並存，因此我們對太田的看法持保留態度。

鄉黨乎！”（論語・雍也）

（4）司徒敬子之喪，夫子相。男子西鄉，婦人東鄉。曰：“噫！毋！”（禮記・壇弓下）

二　“毋”有時也可表敘述的否定，如：

燕、趙城可毋戰而降也。（史記・張耳陳餘列傳）8.2575

三　“毋”在先秦也可做語助詞，不表示否定而加強語氣，如“毋寧”中的“毋”，“唯毋”中的“毋”。如：

（1）毋寧使人謂子，子實生我，而謂子浚我以生乎！（左傳・襄公二十四年）3.1090

（2）故唯毋以聖王為聰耳明目與？豈能一視而通見千里之外哉？一聽而通聞千里之外哉？（墨子・尚同下）3.60

就「分佈」來說，我們發現楊伯峻、何樂士所說的「毋」三類用法其實是「互補」的。首先，第一、三類與第二類「互補」。以是否有表面主語（含第二人指稱）為界，若有主語者為第二類，若否則為一、三類。而第一與第三類的的區別，在語意是否真的帶「否定」成分。具有「否定」語意者為第一類，反之為第三類。這樣的分佈特徵很有意思，也讓我們知道第一類是帶否定語意的「祈使」句型，主語是「隱含」的，即使出現也會是「第二人指稱」。同時，根據句法結構，我們很容易判斷某個句子應該是哪一類。

因此，下例 19 至 24 都屬於第一類，帶否定語意的「祈使」，又稱「禁制」。

19　子曰：「主忠信，毋（DC）友不如己者，過則勿憚改。」（《論語・子罕下》）

20　公西華侍坐。子曰：「以吾一日長乎爾，毋（DC）吾以也。居則曰：『不吾知也！』」（《論語・先進下》）

21 昔平王命我先君文侯曰：「與鄭夾輔周室，毋（DC）廢王命！」（《左傳·宣公》）

22 載書曰：「凡我同盟，毋（DC）蘊年，毋（DC）壅利，毋（DC）保姦，毋（DC）留慝，救災患，恤禍亂……」（《左傳·成公》）

23 有力於王室，吾是以舉女。行乎！敬之哉！毋（DC）墮乃力！（《左傳·昭公》）

24 ……今君命女以是邑也，服車而朝，毋（DC）廢前勞！乃救鄭。（《左傳·哀公》）

既然「毋」為「祈使」標記，一旦見到「毋」與「悖」、「別、裂」的「互補分佈」。則，「悖」即為「別、裂」的祈使式。首先，從「毋」與「悖」共存開始，共有下列三例：

25 監工日號，毋（DC）悖（VH1）于時。（《禮記·月令第六》）

26 監工日號，無（DC）悖（VH1）于時。（《呂氏春秋·十二紀-季春紀第三》）

27 置醬錯食，陳膳毋（DC）悖（VH1）。（《管子·弟子職第五十九》）

例 25 擷取「監工日號，毋悖於時，毋或作為淫巧，以蕩上心。」意思是說，每天工師監臨的號令一定有兩項：其一是器物的造作，不許悖逆時序。其二是，不可造過於奇巧之器，以免動搖君心而生奢侈之念。例 26 則牽涉到「無」與「毋」的區別[12]，有些文獻常有混用的情況。但，《禮記》著作在前，《呂氏春秋》引用在後。此外，

12 敬請參考黃金文（2012）。

更關鍵的判決是文獻裏，「毋」或有作「無」者，但卻沒有過「無」寫作「毋」的。所謂的混用是「單向」的。這個現象顯示了一個很重要的訊息，「毋」的語意中有著「無」無法取代的語意功能，那就是「禁制」。基於以上兩個理由，我們判斷這個字應該是「毋」。例 27 則是在講弟子侍候師長用餐的規矩，相關的段落如下：

> 至於食時，先生將食，弟子饌饋。攝衽盥漱，跪坐而饋。置醬錯食，陳膳毋悖。凡置彼食，鳥獸魚鱉，必先菜羹。羹胾中別，胾在醬前，其設要方。飯是為卒，左酒右醬。告具而退，捧手而立。

這段的主旨在講上餐的先後順序、擺放的位置、相關的儀態與進退有一定的禮儀，凡這些合宜了才稱職。也就是說「陳列膳食」這件事，不應該違背食材、餐具等的擺置規定。雖然「陳膳毋悖」的「悖」就句法上來說是個狀態不及物動詞，但仔細觀察會發現這樣的語意並不完足，得把「置醬錯食」等規矩合併一起看。換而言之，若以語意來看，可以說是「毋悖（于）置醬錯食」。而其中的「悖」，相當於例 16 至 18 的「覆俾我悖」、「使不相悖」等動詞的標記，都作狀態不及物動詞 VH1。

5.3.2 「毋」與「別、裂」的互斥

由「毋」與「悖」的共存，判斷「悖」的確是「別」、「裂」的「命令式」。我們交叉比對一下。設想「悖」若為「別」、「裂」的形態之一，其與「別」、「裂」的分佈就應該是互補的：「悖」出現，

「別」、「裂」就不出現，特別是在禁制詞「毋」或「勿」[13]的環境裏。「毋」與「悖」、「別、裂」的「互補分佈」說明了「悖」是「命令式」。

當我們以「毋」或者「勿」字來檢索含「別」字共四九五筆、含「裂」字共六十九筆語料，果真發現在這總數五六四筆的語料中，不出現「悖」！從這樣「別」、「裂」／「悖」的「互補分布」，我們肯定的說「悖」就是藏文 brod「命令式」的漢語詞形。

5.4 漢藏動詞的「三時一式」

藏文動詞有「三時一式」而上古漢語沒有，這個現象有三種可能：一、上古漢語是存古的，保留著原始漢藏語的特徵，藏文的動詞變化是後起的。二、藏文是存古的，而上古漢語的這項構詞法消失了。三、藏文是存古的，只是上古漢語在文字化的過程將這套構詞法「隱而不見」了。四、五兩章利用「別」、「裂」、「悖」此組同源詞，證實上古漢語也有同樣的構詞。

「漢藏同源」的關係，因這些構詞法的發現而確立！就語言變化或接觸的趨勢來說，「構詞法」比某個個別的「音位」來的穩固－不容易改變也不容易「移借」。一旦證實上古漢語有著與藏文系統相同的動詞形態變化，同源關係也就更為合理與穩固。本文處理了部分漢、藏相關的構詞音韻與搭配限制的問題：

一、古藏文*-S 後綴原有兩個詞音位*-d／*-s，到藏文則因文字

13 「毋 *mjag」、「勿 *mjət」、「弗 *pjət」等都是可能的否定副詞配搭，但三者語音有別。前兩個否定副詞，不搭配「別、裂」，後兩個否定詞不搭配「悖」。「弗」與「別」搭配者，有一例：「繫之以姓而弗別，綴之以食而弗殊」(《禮記・大傳第十六》)。顯示這裏因著語意語法功能的需求，這些否定詞間有某些音韻轉換。

規範化而僅剩*-s，這是何以漢語上古音去聲分佈與藏文的*-s 後綴分佈不一致。由此，上古漢語的「裂」為「別」的完成式，且合規律的對應。

二、藏文中常用 a~o 元音交替或轉換，造動詞的命令式。而這些藏文的 o 元音，應是上古音的*wə、*wa、*ua、*-agw 其中之一。因此由藏文出發，上古漢語的「悖」是「別、裂」的命令式，也合漢藏規律的對應。

當我們指認出上古漢語「動詞」的「形態」，即可確定漢語的「動詞」具備「三時一式」。本書四、五章在符合音韻對應的條件下，主要用運用兩種方式進行：

一、利用句法的「分布特徵」，例如「起動不及物」與「使動及物」的交替，縮小選擇標的之範圍。

二、利用「動詞」／「時間詞」與「毋（否定副詞）」的共存限制，指認這些「形態」。

「漢藏同源詞」的確立，關係著「原始漢藏語（PST）」的「構擬」。我們關心的主題是如何清析化、條理化「漢藏對當規律」，同時亦有助於漢語（或藏語）「構詞形態」的規則化、條例化。本文的定位，即在對漢語的「構詞形態規則」做貢獻。以漢語的「裂」說明，已知「裂」對應 WT 的 brad (pf)（或稱「過去時」），「裂」又與「將」共存。那這個意思是，「裂」是「過去時」與「未來時」同形的動詞。如此，上推到原始漢藏語，「裂」以藏文的動詞變化表來確認的話，就應該是「及物 I」。又如「悖」與「毋」（「無」）、「勿」共存，反過來說，「別」、「裂」卻從來不和這些「禁制詞」並存，這些都是上古漢語特殊的句法分佈。假如這樣的發現屬實，意思是，我們不只可以透過藏文來找動詞與相應的形態，我們還可以在漢語內部找到線索。前者是「語言比較」，後者正是「內部構擬」。

在古漢語早已被注意的「對轉」、「旁轉」、「通轉」等等，其實正是一套套的「構詞法」！從這裏，可以賦予已知、舊有的語言現象，一個新生命、新解釋。而我們所要進行的，就是釐清並解釋這些「構詞法」所牽涉的「音韻／句法構詞」範疇。若干方言中（如閩語）某些令學者百思不解語言現象，與其他方言的同源詞成「對轉」或「通轉」等關係，也許有辦法解釋！剛好這個方言遺留下的是幾個「交替」形式的其中一個，而其他方言保留著另外一個。就如同族語裏，上古漢語（OC）保留的是一套，而藏文（WT）或緬文（WB）保留的是另外一套。而這些構詞法，或聲韻母系統，最終將成為原始漢藏語（PST）構擬的一部分。並依次說明原始漢藏語（PST） 如何演變至上古漢語（OC），乃至於漢語的各方言；原始漢藏語（PST）又如何演變成原始藏緬語（PTB），乃至於藏文（WT）、緬甸文（WB）！

第六章

上古漢語否定副詞「弗」、「勿」的形態音韻[1]

6.1 上古漢語的否定副詞

本章要論證三件事：

一、與「弗」、「勿」平行的否定詞有「非」、「微」，及其他來自諧聲字群與同源詞的事證而得 *m- 前綴。

二、「弗 *pjət」、「勿 *mjət」的差異起因於 *m- 前綴的「名謂化」，這兩個否定副詞分別用於表述「客觀的否定狀態」或「主觀的意志」與「禁止」。

三、*m- 前綴可以解釋何以中古漢語「明微」聲母字既與「曉」母諧聲，又與「唇塞音」諧聲的事實。同樣的，也解釋了有一批「同源字」出現與諧聲平行的現象。

以下我們先來回顧學者對否定詞一些重要討論。漢語的否定詞有著同源關係，例如：多為 m 声母，及用 a 或 ə 類元音作主要元音等。王力（1982：178）有著這樣的觀察：

1　本文為國科會補助100年度計畫〈與上古漢語否定詞相關的音韻問題〉的執行成果之一，計畫編號：100-2410-H-260-065-，執行期間：2011/8/1～2012/7/31。又，本文裏所有《論》、《孟》、《左》的語料，皆來自「中央研究院上古漢語標記語料庫」。特此一併致謝。

miua 無（无）：miua 毋（同音）
miua 無：miuang 亡罔（魚陽對轉）
miua 無：mak 莫（魚鐸對轉）
miua 無：miai 靡（魚歌通轉）
miai 靡：miat 蔑（歌月對轉）
miat 蔑：muat 末（月部疊韻）
miat 蔑：miuət 未勿（月物旁轉）

王力（1982：178～181）徵引《說文解字》等文獻，說明這些以中古明母作聲母的否定詞之間的關係。

> 《說文》："無，亡也。"玉篇："無，不有也。"字又通"毋"。……
>
> 《說文》："毋，止之也。"詩小雅角弓："毋教猱升木。"箋："毋，禁辭。"……
>
> "莫"是無定代詞，譯成現代漢語是"沒有誰"、"沒有甚麼"。……詩邶風谷風"德音莫違。"箋："莫，無也。"……按，"莫"與"無"不完全同義，由於缺乏同義詞，故以"無"釋"莫"。
>
> "未"否定過去，"不"否定將來，與"不"有別。……
>
> 小爾雅廣詁："勿，無也。"……論語雍也："雖欲勿用。"皇疏："勿，猶不也。"。學而："過則勿憚改。"皇疏："勿，猶莫也。"按，在"別（不要）"的意義上，"毋"（無）與"勿"同義，但在語法上有所不同。"毋"（無）字後面的動詞一般帶賓語，"勿"後面的動詞一般不帶賓語。

其中的「按語」，為王力的說明或主張。根據他的觀察，這些否定詞之間有著語法關係，但其關鍵並不清楚。由於這裏涉及另外兩組否定詞，請參考王力（1982：102、407）：

piuə不：piuə 否（疊韻）
piuə不：piuət 弗（之物通轉）

公羊傳桓公十年："其言'弗遇'何？"注："弗，不之深也。"按，在上古，"弗"字一般只用于不帶賓語的及物動詞的前面，與"不"字在用法上有所區別。

piuəi 非：phiuəi 誹（幫滂旁紐，疊韻）
piuəi 非匪：miuəi 微（幫明旁紐，疊韻）

……論語憲問："微管仲，吾其被髮左衽矣！"呂氏春秋離俗："微獨舜湯。"注："微，亦非也。"

從這些語料中，我們得到的印象是：上古漢語（OC）「否定詞」，顯然並不單純地只表示「否定」（無論是對存有的否定或是對謂語的否定），還兼表「過去」（如：未）、「未來」（如：不）、「祈使（命令）」（如：勿、毋）等概念。這令人聯想到藏緬語的動詞形態變化（如：藏文的「三時一式」）。龔煌城（2002），梅祖麟（1980、1989）兩位先生的一系列論文，從漢藏比較著手再來討論上古漢語的構詞法，正提供了古漢語構詞音韻的研究方向與典範。

太田辰夫（1987：278）提供了一個很有趣的起頭，他把《論語》與《孟子》所出現的否定詞表列：[2]

2　太田的否定詞一覽表「＋表示使用的，(＋)表示引文中使用的，－表示不使用的。」

表一　太田辰夫（1987）的否定詞

	無	毋	莫	勿	亡	罔	末	靡	不	弗	非	否	未	微	盍
論語	+	+	+	+	+	−	+	−	+	+	+	+	+	+	+
孟子	+	−	+	+	+	（+）	−	（+）	+	+	+	+	+	+	+

按太田的想法是把方言的因素考慮進去。只看以論、孟為代表的魯方言，該方言所使用的否定詞共十一個。即表內所列舉，但不包括「毋」、「罔」、「末」、「靡」四個詞。太田認為「『毋』在《孟子》是不用的，《論語》中在版本上常與『無』混同。」這樣的現象顯示《論語》的「毋」可能是傳抄時改寫的，而非魯方言本來就使用的。

現在再來看一下同族語研究的概況：孫宏開（1996、1997、1998），瞿靄堂（1985、1988），與黃布凡（1981、1991、2004）等都談到了藏緬語動詞的形態往往與時態、趨向、人稱等語法範疇及語法形式有很密切的關係，其形態藉由加綴或元音曲折變化表現。馬忠建（1999）在談西夏語的否定形式時，說到西夏共有四個表示否定的附加成分 mi、me、mui 和 ti。這些否定形式各有其出現的環境，而其中三個與上古漢語一樣，都是 m- 聲母。馬忠建文章裏花了很長篇幅談藏語支、景頗語支、羌語支、緬語支與彝語支的否定形式。這些語言裏的現代方言否定的形式都很複雜，因為既與主語的人稱密切相關，又跟動詞的體、時、態、式連繫在一起。而且從李方桂、柯蔚南（2007）的著作可見，古藏文的否定形式至少有兩個，*ma 與 *myi。

從藏緬語研究看到藏緬語動詞的形態往往與時態、趨向、人稱等語法範疇及語法形式有很密切的關係，其形態藉由加綴或元音曲折變化表現。又由羌語得知否定的形式可能很複雜，因為既與主語的人稱密切相關，又跟動詞的體、時、態、式連繫。那麼從同族語來看漢語，情況又如何？藏文（WT）的 *ma 這個形式是我們較為熟悉的。龔煌城（2002:232）認為藏文（WT）的 *ma 與上古漢語（OC）的「無*mjag」同源。原始漢藏語（PST）應構擬為 *mjag，這個形式完整保留於上古漢語（OC）當中，原始藏緬語（PTB）則演變為 *ma。

假使，這些語言的否定形式有著一個或數個「同源形式」（如 PST 的 *mjag），那麼種種相異的語音形式，無論加綴或元音的屈折、或聲母的清濁交替，都應該有條理可說的。因為那正是這個（或數個）否定詞的形態音變。

由於各「否定詞」可能有多層次的關係，而這些關係卻未十分明朗。本章以由「勿」（上古漢語「微部」，*m- 聲母）與「弗」（上古漢語「微部」，*p- 聲母）這對的否定副詞切入作討論。

表二　否定副詞「不」、「勿」、「弗」

否定詞	《廣韻》
不*pjəg	1. 弗也。又姓。晉書有汲郡人不準盜發六國時魏王冢，得古文竹書，今之汲冢記也。甫鳩切，又，甫九、甫救二切。 2. 弗也。說文作：鳥飛上翔不下來也，从一，一，天也，象形。又，甫鳩、甫救二切。 3. 與弗同。又，府鳩、方久二切。
勿*mjət	文弗切。《說文》：勿，州里所建旗。象其柄，有三游，雜帛幅半異，所以趣民，故遽稱勿勿。
弗*pjət	弗，分勿切。《說文》：矯也[3]。

3 《說文解字》：「弗，撟也。从丿从乀，从韋省。」段玉裁注：「矯也。矯各本作撟。今正。撟者，舉手也。引申爲高舉之用。矯者，揉箭箝也。引申爲矯拂之用。今人不能辯者久矣。弗之訓矯也。今人矯，弗皆作拂。而用弗爲不。其誤蓋

6.2 諧聲字及同源字的*m-前綴

本節從諧聲字及同源字裏論證這批 *m-／*p-的接觸中的 *m-，其實來自原始漢藏語的 *m- 的加綴。並有如以下的規律 1a～c 所示：

規律 1a *m- p- （OC）> *m- （MC）
規律 1b *m- ph-（OC）> *m- （MC）
規律 1c *m- b- （OC）> *m- （MC）

6.2.1 雙唇塞音與同部位鼻音的互諧：*m- 前綴

李方桂（1971：10）裏的諧聲原則，談到同部位的塞音互諧，但卻不常與同部位的鼻音互諧。若以高本漢（1957）GSR 檢核，諧聲與否跟「發音部位」大有關連，舌尖鼻音確實不與塞音相諧聲，雙唇或舌根發音部位則否。由藏語的角度看，很容易明白何以上古漢語的塞音與鼻音諧聲，僅舌尖塞音不與鼻音相偕。原因在藏文的 a-chung 前綴，寫作 *N-（或*‘-），由上古漢語諧聲關係的「分布」可以看出這個現象的「搭配限制」。

同時，繼董同龢（1944）以清鼻音 m̥ 處理與明微母諧聲的曉母字、李方桂（1980、1983）認為 *sm- > s- 後，梅祖麟（1989、2008）提出 *s-m- 應是 *hm- 的來源（即與明微母諧聲的曉母字），而這個

亦久矣。《公羊傳》曰。弗者，不之深也。固是矯義。凡經傳言不者其文直。言弗者其文曲。如春秋公孫敖如京師，不至而復。晉人納捷菑於邾，弗克納。弗與不之異也。《禮記》，雖有嘉餚。弗食不知其旨也。雖有至道。弗學不知其善也。弗與不不可互易。從丿乀。丿乀皆有矯意。從韋省。韋者，相背也。故取以會意。謂或左或右皆背而矯之也。分勿切。十五部。」

*s- 正是使動化前綴。上古漢語以加 s-前綴作為「使動化」與「名謂化」的方式，以下數對唇音的例子擷取自梅祖麟（1989、2008），後面的釋義我們盡可能以《說文》等為主：

表三　上古漢語「使動化」及「名謂化」

	語音	釋義
別	*N-brjat > *brjat　(OC)	《集韻》、《韻會》皮列切。《玉篇》離也。
	*s-brjat > *sprjat > *prjat　(OC)	《玉篇》：分別也。《淮南子．齊俗訓》宰庖之切割分別也。
敗	*N-brads > *brads　(OC)	自破曰敗。《說文》：敗，毀也。从攴貝。敗賊皆从貝，會意。㪄，籒文敗从賏。薄邁切。
	*s-brads > *s-prads >*prads　(OC)	破他曰敗。《增韻》：凡物不自敗而敗之，則北邁切。物自毀壞，則薄邁切。
滅	*mjiat > mjät	《說文》：滅，盡也。从水烕聲。亡列切。
烕	*s-mjiat > *hmjiat > xjwät	《說文》：烕，滅也。从火戌。火死于戌。陽氣至戌而盡。《詩》曰：「赫赫宗周，褒似烕之。」許劣切。
墨	*mək > * mək	《說文》：墨，書墨也。从土从黑，黑亦聲。莫北切。
黑	*s- mək > xək	《說文》：黑，火所熏之色也。呼北切。

N-前綴丟失，不影響輔音，如：「別 2」*N-brjat > *brjat。但*s-前綴丟失，卻使得濁輔音清化[4]，如：「別 1」*sbrjat >*sprjat >*prjat > pjät。所以相關的音變如下：

4 同樣的，音變規律也適用於其他發音部位的塞音聲母，如「降」。

規律 2a	*s- m-	（OC）	>*x-	（MC）
規律 2b	**s-b-	（OC）	>*p-	（MC）
規律 2c	**N-b-	（OC）	>*b-	（MC）

規律 2a 所示，為與「曉」聲母諧聲的「明（微）」聲母字，即後來李方桂擬作 *hm-，梅祖麟根據漢藏比較的證據改寫為 *sm- 者，如表三的「滅」／「威」或「墨」／「黑」。而規律 2b 及 2c 表達的是表三塞音「別」／「別」與「敗」／「敗」這類經典的例子，由前綴影響到詞根聲母，或演變為清、前綴脫落，或維持濁音、前綴脫落。

與「曉」聲母諧聲的「明（微）」聲母字，在《漢文典》（GSR）共有十二例。而與「明（微）」聲母諧聲的「幫、滂、並（或非、敷、奉）」者，則有七例，其中不乏常用字。後者的七例與前者的十二例相較，比例不小。然而這類關係卻是各家上古音系統，未曾說明的。例如：

表四　《漢文典》雙唇塞音與鼻音的互諧[5]

GSR	「明（微）」聲母	「幫（非）」聲母
104	武 m	賦 p
178	蠻 m	變 p
224	矏 m	邊 p
405	密 m	必 p
781	陌 m	百 p
845	幦 m	辟 p

5 見高本漢（1957）。為了更清楚地呈現這些同部位塞音與鼻音諧聲關係，本文盡可能摘錄各字組裏的「幫：明（微）」做為主軸，並以一字作代表。故，表列有6例。

若以沈兼士（2004）作觀察也得到相近的結果，的確有一批唇塞音與同部位的鼻音接觸。可見這個現象不是偶然，而是有緣由的。請見以下：

表五　《廣韻聲系》唇塞音與同部位鼻音的諧聲

諧聲關係	編號	例數
p : m	327；343；355；376；402；439；619；372；383；786	10
ph : m	372；376；383；407；449；786；882；102；327；331；343；349	12
b : m	384；358；372；376；383；407；451；615；787；786；343；348；358；376；402；451；　615；785	18

在沃爾芬登（1929）、Benedict（1972）、俞敏（1984）、鄭張尚芳（2003）、金理新（2003、2005）等人的著作中，主張藏緬語乃至上古漢語有*m- 前綴。Benedict（1972：124～129）談到五個關鍵事項：

一、帶著 *m- 前綴的詞根常是不及物的，正與帶 *s- 前綴的詞根對立[6]。

二、現代的藏緬語有少數 *m- 演變為 n-，或甚至與 *s- 相交替。

三、從梅特黑語的線索看，動詞前綴的*m- 與名詞前綴的 *m- 可能是同一件事。

四、*m- 可以做代名詞成分，也可以接在親屬稱謂或身體部位的名詞前。

五、例 468～470 動詞前綴的 *m- 顯示名詞與謂語間是有聯繫

6　根據梅祖麟（2008），我們已經知道了與「使動」的*s-前綴相對的「自動」式應該是*N-前綴。

的，如藏語 kha「嘴」和克欽語 məkha「張開（嘴）；開（如門）；孔，口，（如山洞）」。Benedict 的 *m- 前綴說，足以解釋諧聲與同源關係中何以有部分是李方桂系統裏的「例外」。

「諧聲」與「同源」兩者都支持 *m- 的上古漢語的「名謂化」。首先，請看 *m- 前綴在諧聲字組如「賦：武」、「邊：櫋」、「邊：矈」、「閟：䚕」的反映：

表六　《漢文典》諧聲字組中 *m- 前綴的「名謂化」

GSR	中古「幫非」聲母		中古「明微」聲母	
104	賦 *p	《說文》：斂也。从貝武聲。	武 *m- < *m-p	《說文》：楚莊王曰：「夫武，定功戢兵。故止戈爲武。」
224	邊 *p	《說文》：行垂崖也。从辵臱聲。	櫋 *m- < *m-p	《說文》：屋櫋聯也。从木，邊省聲。
			矈 *m- < *m-p	《說文》：目旁薄緻宀宀也。从目臱聲。（《爾雅》：密也）
405	閟 *p	《說文》：閉門也。从門必聲。《春秋傳》曰：「閟門而與之言。」	䚕 *m- < *m-p	《說文》：蔽不相見也。从見必聲。

6.2.2 從同源字組看 *m- 前綴與其語音變化

除了「諧聲」的證據外，「同源」字也能提供 *m- 前綴的支持。從這兩種材料裏，更可推測得知與 *m- 前綴相關的音韻變化。以下來看這些在上古同韻部，但聲母卻有塞音與鼻音對立的同源詞組[7]：

7　本表部分取材自王力（1982）的討論。為求一致，盡可能蒐羅《說文》、《廣雅》

1 苞 *p／茂 *m- < *m-p

● 《說文》：苞，艸也。南陽以爲麤履。从艸包聲。布交切。（段注：艸也。〈曲禮〉苞屨不入公門注：苞，藨也，齊衰藨蔽之菲也，〈子虛賦〉：葴析苞荔。張揖曰：苞，藨也。玉裁按：當是藨是正字，苞是叚借，故喪服作藨蔽之菲。〈曲禮〉作苞屨。〈南都賦〉說艸有藨，卽子虛之苞也。斯干，〈生民傳〉曰：苞，本也。此苞字之本義。凡詩云苞櫟苞棣，書云艸木蕲苞者皆此字，叚借爲包裹。凡詩言白茅苞之，書言厥苞橘柚，禮言苞苴，易言苞蒙苞荒苞承苞羞苞桑苞瓜，《春秋傳》言苞茅不入，皆用此字。近時經典凡訓包裹者皆逕改爲包字，郭忠恕之說誤之也。許君立文當云苞本也，從艸，包聲，若不謂爲叚借，則當云苞，藨也。下文卽云藨，蔽屬，使讀者知曲禮之苞卽喪服之藨。葢艸木既難多識，文字古今屢變，雖曰至精，豈能無誤。善學古者不泥於古可也。南陽目爲麤履。麤各本不從艸，誤。麤，艸履也，見後。從艸包聲。布交切。古音在在三部。按〈曲禮〉音義曰：苞，白表反。爲欲讀同藨耳。）

● 《說文》：茂，草豐盛也。从艸戊聲。莫候切。（段注：艸木盛皃。依韻會訂。茂之引申借爲懋勉字。从艸。戊聲。莫候切。古音在三部。）

2 標 *p／杪 *m-< *m-p

● 《說文》：標，木抄末也。从木票聲。敷沼切。（段注：木杪末也。杪末，謂末之細者也。古謂木末曰本標。如素問有標本病傳論是也。亦作本剽。如莊子云有長而無本剽者是也。標在取上。

等早期字書的解釋。

故引申之義曰標舉。肆師。表齍盛告絜。注云。故書表爲剽。剽表皆謂徽識也。按表剽皆同標。从木。票聲。敷沼切。二部。）

- 《說文》：杪，木標末也。从木少聲。亡沼切。（段注：木標末也。方言曰。杪，小也。木細枝謂之杪。郭注。言杪捎也。按引申之凡末皆曰杪。王制言歲之杪是也。从木。少聲。亡沼切。二部。）

3 葆 *p／茆 *m- < *m-p

- 《說文》：葆，草盛貌。博裒切。（段注：艸盛皃。《漢書・武五子傳》：當此之時，頭如蓬葆。師古曰：草叢生曰葆，引申爲羽葆幢之葆。《史記》以爲寶字。從艸保聲。博裒切。古音在三部。）
- 《集韻》：通莪。草叢生也。又與茅通。《唐韻》：莫飽切，音卯。《廣雅・釋言》：茆，葆也。王念孫曰：茆之言茂，葆之言苞。

4 逋 *p[8]／亡 *m- < *m-p

- 《說文》：逋，亡也。从辵甫聲。博孤切。逋，籀文逋从捕。博孤切。（段注：亡也。亡部曰。亡，逃也。訟九二曰。歸而逋。从辵。甫聲。博孤切。五部。）
- 《說文》：亾，逃也。从人从乚。凡亡之屬皆从亡。武方切。（段注：逃也。逃者，亡也。二篆爲轉注。亡之本義爲逃。今人但謂亡爲死。非也。引申之則謂失爲亡。亦謂死爲亡。孝子不忍死其親。但疑親之出亡耳。故喪篆从哭亡。亦叚爲有無之無。雙聲相借也。从入乚。會意。謂入於迟曲隱蔽之處也。武方切。十部。凡亡之屬皆从亡。）

---

8 「逋」／「捕」為清、濁交替（「幫」／「並」），此組皆為動詞，並具方向性。「逋」字，王力（1982）認為此字之本意應是逃亡的奴隸。

5 非 *p、匪 *p／微 *m- < *m-p

- 《說文》：非，違也。从飛下翄，取其相背。凡非之屬皆从非。甫微切。（段注：韋也。韋各本作違。今正。違者，離也。韋者，相背也。自違行韋廢。盡改韋爲違。此其一也。非以相背爲義。不以離爲義。从飛下翄。謂从飛省而下其翄。取其相背也。翄垂則有相背之象。故曰非，韋也。甫微切。十五部。凡非之屬皆从非。）《玉篇》：非，不是也。《書・君陳》：黍稷非馨，明德惟馨。
- 《說文》：匪，器，似竹筐。从匚非聲。《逸周書》曰：「實玄黃于匪。」非尾切。（段注：器佀竹匧。小徐祇云如篋。小雅。承筐是將。《傳》曰。筐，篚屬。所以行幣帛也。按此筐與飯器之筐。異名同實。故《毛訓》之曰。匪屬也。《小雅》言匡。《禹貢》、《禮記》言匪。應劭《漢書》注曰。《漢書》作棐。應劭曰：棐，竹器也。方曰箱。隋曰棐。隋者，方而長也。他果反。古盛幣帛必以匪。匪篚古今字。有借匪爲斐者。如詩有匪君子是也。有借爲分者。周禮匪朌，鄭司農云匪分也是也。有借爲非者。如詩我心匪鑒，我心匪石是也。有借爲彼者。如左傳引詩如匪行邁謀杜曰匪彼也，荀子引匪交匪舒卽詩彼交匪紓是也。从匚。非聲。非尾切。十五部。按竹部曰。篚，車笭也。非匪之異體。故不錄於此。《逸周書》曰：實玄黃于匪。按此句今惟見《孟子・滕文公篇》引書。其上文云。綏厥士女。篚厥玄黃。昭我周王見休。惟臣附于大邑周。似必爲《周書》。趙氏亦云。從有攸以下道武王伐紂時。皆《尙書・逸篇》之文也。）
- 《說文》：微，隱行也。从彳敚聲。《春秋傳》曰：「白公其徒微之。」無非切。（段注：隱行也。敚訓眇。微从彳，訓隱行。叚借通用微而？不行。邶風：微我無酒。又假微爲非。从彳。敚聲。無非切。十五部。《春秋傳》曰。白公其徒微之。《左傳・哀十六》年文。杜曰。微，匿也與釋詁匿微也互訓。皆言隱，不言行。㣲之叚借字也。此偁傳說叚借。）《禮記・檀弓下》：雖微晉而已。注：微，猶非也。

6　撫 *ph／憮 *m- < *m-ph

- 《說文》：撫，安也。从手無聲。一曰循也。㐰，古文从辵、亡。芳武切。（段注：安也。从手。無聲。芳武切。五部。一曰揗也。揗各本作循。今正。揗者，摩也。拊亦訓揗。故撫拊或通用。）
- 《說文》：憮，愛也。韓鄭曰憮。一曰不動。从心無聲。文甫切。（段注：炁也。炁各本作愛。今正。韓鄭曰憮。《方言》：亟憐憮㤿愛也。宋衞邠陶之閒曰憮。或曰㤿。又曰。韓鄭曰憮。《釋詁》曰：憮，撫也。一曰不動。別一義。《論語》：夫子憮然。《孟子》：夷子憮然。三蒼曰：憮然，失意皃也。趙岐曰：憮然猶悵然也。皆於此義近。從心，無聲。文甫切。五部。郭璞：甫反。）

7　嬔（娩）*ph／挽*m- < *m-ph

- 《說文》：嬔，生子齊均也。从女从生，免聲。芳萬切。（段注：生子齊均也。謂生子多而如一也。玄應書曰。今中國謂蕃息爲嬔息。音芳萬切。周成難字云。嬔，息也。按依列篆次弟求之。則此篆爲免身。當云从女免生。从女免生。小徐作从女𫤗聲。大徐作从女从生免聲，恐皆誤。以兔爲聲，尤非。葢玄應在唐初已誤矣。今正，讀若幡。依小徐本今音芳萬切。以平讀去耳。十四部。）
- 《說文》：挽，生子免身也。从子从免。臣鉉等曰：今俗作亡辯切。徐鍇曰：「《說文》無免字，疑此字从嬎省。以免身之義，通用爲解免之免。晚冕之類皆當从㝃省。（段注：按許書無免字。據此條則必當有免字。偶然逸之。正如由字耳。免聲當在古音十四部。或音問。則在十三部。與兔聲之在五部者迥不同矣。但立乎今日以言六書。免由皆不能得其象形會意。不得謂古無免由字也。㝃則會意兼形聲。亡辯切。）

8　胚 *ph／腜 *m- < *m-ph

● 《說文》：肧，婦韻一月也。从肉不聲。匹桮切。亦作胚。（段注：婦孕一月也。文子曰。一月而膏。二月血脈。三月而肧。四月而胎。五月而筋。六月而骨。七月而成形。八月而動。九月而躁。十月而生。《淮南》曰：一月而膏。二月而胅。三月而胎。說各乖異。其大致一也。李善注江賦。引淮南三月而肧胎。與今本異。從肉。不聲。匹桮切。古音在一部。）

● 《說文》：腜，婦始孕腜兆也。从肉某聲。莫桮切。（段注：婦孕始兆也。依廣韵訂。韓詩曰。周原腜腜。又曰。民雖靡腜。毛詩皆作膴。腜腜，美也。廣雅曰。腜腜，肥也。此引申之義也。从肉。某聲。莫桮切。古音在一部。）《廣雅．釋親》：腜，胎也。朱駿聲：按，高禖之禖，以腜為義也。《說文》：禖，祭也。朱駿聲：祈子之祭也。（王力：懷孕為腜，因而祈子之祭亦名禖。）

9　弁（覍）*b／冕 *m- < *m-b

● 《說文》：弁，冕也。周曰覍，殷曰吁，夏曰收。从皃，象形。籀文覍从廾，上象形。或覍字。

● 《說文》：冕，大夫以上冠也。邃延、垂瑬、紞纊。从冃免聲。古者黃帝初作冕。冕或从糸。亡辡切。（段注：大夫㠯上冠也。冠下曰。弁冕之摠名。渾言之也。此云冕者，大夫以上冠。

析言之也。大夫已上有冕則士無冕可知矣。周禮。王之五冕皆玄冕朱裏延紐。五采繅十有二就。皆五采玉十有二。玉笄朱紘。諸侯之繅斿九就。瑉玉三采。其餘如王之事。繅斿皆就。戴先生曰。實六冕而曰五冕者，陳采就玉之數止於五也。亦以見服自十二章至一章而六。冕璪自十二旒至三旒而五。其天子大裘之冕無旒也。槩舉諸侯又申之曰繅斿皆就者，明九旒至於三旒。其就數九。公侯伯子男無降差同也。邃延垂瑬紞纊。邃，深遠也。延者，鄭云冕之覆。周禮弁師。王之五冕。皆玄冕朱裏延紐。謂延上玄下朱。以表裏冕版也。古者以三十升布爲之。故尙書，論語謂之麻冕。用三十升布。上玄下朱爲延。天子至大夫所同也。其字左傳作綖。垂瑬，詳玉部瑬下。紞纊，糸部曰。紞者，冕冠塞耳者也。按紞所以懸瑱也。瑱亦謂之纊。詳糸部紞下。據許紞系於延左右。據周禮注。王后之祭服有衡垂於副之兩旁當耳。其下以紞懸瑱。是專謂后服也。然左傳。衡紞紘綖。昭其度也。似男子有衡簪於冕覆而系紞。从冃。免聲。亡辨切。按古音當在十三部。讀如問。許書無免字。而俛勉字皆免聲。葢本有免篆而佚之。或曰古無免兔之分。俗強分別者，非也。冕之義取前俯。則與低頭之俛關通。古者黃帝初作冕。大平御覽引世本曰。黃帝作旃冕。宋衷注云。通帛曰旃。應劭曰。周始加旒。周易毄辭曰。黃帝堯舜垂衣裳而天下治。葢取諸乾坤。）

10 棼 *b／紊 *m- < *m-b

● 《說文》：複屋棟也。从林分聲。符分切。（段注：複屋棟也。複屋，考工記謂之重屋。木部曰。檼，棼也。是曰檼，曰棼者，複屋之棟也。曰橑者，複屋之椽也。竹部曰。笮者，在瓦之下棼上者也。姚氏鼐曰。椽棟既重，軒版垂檐皆重矣。軒版卽屋笮。或木或竹異名。在瓦之下椽之上。檐垂椽端。椽亦謂之橑。《考工記》重屋。鄭以複笮釋之。而他書所稱曰重檐曰重橑曰重軒曰重，棟，曰重棼，各舉其一爲言爾。按《左傳》：治絲而棼之。假借爲紛亂字。從林，分聲。符分切。十三部。）《左傳・隱公》：治絲而益棼之。注：棼，亂也。

- 《說文》：紊，亂也。从糸文聲。《商書》曰：有條而不紊。亡運切。（段注：亂也。从糸。文聲。亡運切。十三部。《商書》曰。有條而不紊。般庚上文。）

11 憤 *b／悶 *m-< *m-b

- 《說文》：憤，懣也。从心賁聲。房吻切。（段注：懣也。从心。賁聲。房吻切。十三部。）《周語》:陽癉憤盈。註：積也。鬱積而怒滿也。又《集韻》或作憒。亦作賁。《禮・樂記》廣賁之音作，而民剛毅。音義：依註讀爲憤，扶粉反，又作馮。
- 《說文》：悶，懣也。从心門聲。莫困切。（段注：懣也。从心。門聲。莫困切。十三部。）《老子・道德經》其政悶悶，其民淳淳。《戰國策》瘨而殫悶旄不知人。或作惛。亦作們。

12 煩 *b／懣 *m- < *m-b

- 《說文》：熱頭痛也。从頁从火。一曰焚省聲。（段注：頭痛也。《詩》曰。如炎如焚。陸機詩云。身熱頭且痛。从頁火。會意。一曰焚省聲。焚火部作燓。此謂形聲也。附袁切。十四部。）《書·說命》禮煩則亂。《玉篇》：煩，憤悶煩亂也。《左傳・僖二十九年》敢以煩執事。《禮・樂記》衞音趨數煩志。（註：煩，勞也。）《左傳・定二年》嘖有煩言。（註：煩，言忿爭。）
- 《說文》：懣，煩也。从心从滿。莫困切。（段注：煩也。煩者，熱頭痛也。引申之，凡心悶皆爲煩。問喪曰。悲哀志懣氣盛。古亦叚滿爲之。從心滿。滿亦聲。廣韻莫旱切。十四部：大徐莫困切。）《禮・問喪》：悲哀志懣氣盛。（音義：懣，亡本反。又音滿。范音悶。）《史記・倉公傳》使人煩懣食不下。

13 龐 *b／尨厖 *m- < *m-b

- 《說文》：龐，高屋也。从广龍聲。薄江切。（段注：高屋也。謂屋之高者也。故字从广。引申之爲凡高大之偁。《小雅》：四牡龐龐。傳曰：龐龐，充實也。从广。龍聲。薄江切。九部。詩音義鹿同反。徐扶公反。）《書・周官》不和政龐。《舊唐書》：邑居龐雜，號為難理。
- 《說文》：尨，犬之多毛者也。从犬從彡。《詩》曰：無使尨也吠。莫江切。（段注：犬之多毛者。釋嘼，毛傳皆曰：尨，狗也。此渾言之。許就字分別言之也。引申爲襍亂之偁。小戎箋曰蒙尨是也。牛白黑襍毛曰牻。襍語曰哤。皆取以會意。從犬彡。會意。彡以言其多毛也。莫江切。九部。《詩》曰：無使尨也吠。召南野有死麇文。）《左傳・閔公》：衣之尨服。（注：尨，雜色。犬之多毛者。）

14 棍 *b／楣 *m- < *m-b

- 《說文》：棍，梠也。从木昆聲。讀若枇杷之枇。房脂切。（段注：梠也。棍之言比敘也。〈西京賦〉曰：三階重軒。鏤檻文棍。按此文棍，謂軒檻之飾與屋梠相似者。從木，昆聲。讀若枇杷之枇。房脂切。十五部。）徐鍇曰：連檐木，在椽之端者。《玉篇》：棍，屋梠也。《廣韻》：棍，梅端連緜木也。
- 《說文》：楣，秦名屋櫋聯也。齊謂之檐，楚謂之梠。徐楷：按《爾雅》，楣謂之梁，謂門上横梁也。从木眉聲。武悲切。（段注：秦名屋櫋聯也。齊謂之产。楚謂之梠。秦名屋櫋聯也者，秦人名屋櫋聯曰楣也。與秦名屋椽曰榱同解。李善注文選引《說文》曰。梍梠，秦名屋櫋聯。失其義矣。齊謂之产。各木产作檐。今依厂部产下正。产，屋梠也。秦謂之楣。齊謂之产。《禮經》正中曰棟。棟前曰楣又《爾雅》楣謂之梁。皆非許所謂楣者。從木。眉聲。武悲切。十五部。）徐引《爾雅・釋宮》楣謂之梁，謂門上橫梁也。眉猶際也。《釋名》楣，眉也。近前各兩，若面之有眉。《儀禮・鄉射禮》序則物當棟，堂則物當楣。（註：五架之屋，正中曰棟，次曰楣。）

接下來談音韻的問題。為什麼知道是這批中古「明微」字是 *m-前綴後接唇塞音聲母變來的？主要的音韻證據是表五（請參見頁九十九）。從此表可以見得 *m- 前綴原可接上古 *p、*ph、*b，而後 *m- 前綴與這些聲母字發生了異化作用。*m 保留，原來的聲母丟失，這批帶著 *m- 前綴的字，即是中古明微母的來源之一。

15 憮 *m-：幠 *x-：撫 *ph-（GSR.103）
16 亹虋 *m-：釁 *x-：頒分 *p-：砏 *ph：盆扮分 *b-（《聲系》376）
17 毛 *m-：秏 *x-：表 *p-（《聲系》349）
18 母每 *m-：誨海悔 *x-：繁 *b-（《聲系》358）
19 麄 *m-：牝 *b-：匕 *p-（《聲系》386）
20 冒 *m-：勖 *x-：賵 *ph-（《聲系》361）
21 皺 *m-：嗚 *x-：皮婆 *b-：波 *p-（《聲系》786）

如此，便能解釋明微母同時與曉母及雙唇塞音等接觸的現象，正如以上這幾組諧聲關係所示。與其語音變化規律，整理如下並做為本小節總結：

規律 1a	*m- p-	（OC）>	*m-	（MC）
規律 1b	*m- ph-	（OC）>	*m-	（MC）
規律 1c	*m- b-	（OC）>	*m-	（MC）
規律 2a	*s- m-	（OC）>	*x-	（MC）
規律 2b.	*s-b-	（OC）>	*p-	（MC）
規律 2c.	*N-b-	（OC）>	*b-	（MC）

6.3 「非 *p／微 *m-＜*m-p」與其語法分布

否定副詞中有兩組音韻地位相當者，「勿」、「弗」與「微」、「非」。「勿」、「弗」皆在上古「微部」入聲合口，而「勿」聲母讀 *m-，「弗」聲母讀 *p-。同樣的，「微」、「非」也在上古「微部」陰聲，但是「微」聲母讀 *m-，「非」聲母讀 *p-。本節指出其平行不止在音韻，也在句法分布，這證實了這兩組否定詞的「勿」、「微」帶著 *m- 前綴。

上古漢語的「非」為「是」的否定。根據太田辰夫（1987：279～280）的說法，有兩種作用：一、對判斷表示否定，如前句的「今日之受非也」。二、表示否定的判斷，如後句的「我非生而知之者」。

> 前日之不受是，則今日之受非也；今日之受是，則昨日之不受非也。（孟・公孫丑下）
>
> 我非生而知之者。（論・述而）

6.3.1 「非」與「我」共現

若以「非」在「上古漢語標記語料庫」的《論語》、《孟子》、《左傳》裏查詢，共計四三六筆。這些帶著人稱後接（與「非」字）的語料有個兩個共通點，一、多數是「表示否定的判斷」。二、其結構特徵是以「我」作為後接，而不用「吾」。除了一則表面的例外，可做為「非」的後接的「吾」都是所有格，如例 27「武非吾功」。這顯示否定副詞「非」有著人稱代詞的搭配限制，在結構上是「非」與「我」共現。

22 「爾既許不穀，而反之，何故？非（DC）我無信，女則棄之？速即爾刑！」(《左傳・宣公》)

23 皆得其欲，以從其事，而要其成。非（DC）我有成，其在人乎？何愛於邑，邑將焉往？(《左傳・成公》)

24 子大叔曰：「若何弔也？其非（DC）唯我賀，將天下實賀。」(《左傳・昭公》)

25 哀死事生，以待天命。非（DC）我生亂，立者從之，先人之道也。(《左傳・昭公》)

26 史佚之志有之曰：「非（DC）我族類，其心必異。」(《左傳・成公》)

27 何以示子孫？其為先君宮，告成事而已，武非（DC）吾功也。古者明王伐不敬，取其鯨鯢而封之。(《左傳・宣公》)

28 子曰：「我非（DC）生而知之者，好古，敏以求之者也。」(《論語・述而下》)

29 子曰：「回也非（DC）助我者也，於吾言無所不說。」(《論語・先進上》)

30 子曰：「回也視予猶父也，予不得視猶子也。非（DC）我也，夫二三子也。」(《論語・先進上》)

31 塗有餓莩而不知發；人死，則曰：「非（DC）我也，歲也。」

(《孟子·梁惠王篇第一》)

32 是何異於刺人而殺之，曰:「非（DC）我也，兵也。」(《孟子·梁惠王篇第一》)

33 繼而有師命，不可以請。久於齊，非（DC）我志也。」(《孟子·公孫丑篇第二》)

而「吾」幾乎都當所有格，唯一例外是例 34。但是此句特別的地方是以「所」引介法相動詞「能」形成一個「名詞性短語」[9]。換而言之，「吾」是「所能」這個名詞詞組的領有者，因此例 34 的「吾」仍然是個所有格。

34 夫合諸侯，非（DC）吾所能也，以遺能者。(《左傳·成公》)

6.3.2 「微」:說話者的主觀假設

前文裏說到「微」的本義是「微行」，後假借為「隱匿」、「衰微」，然在先秦也可以有否定詞的用法，如《詩經》:「微我無酒，以敖以遊」。「微」作否定副詞（DC）用者，共十五例，這些例子全都見於《左傳》。如例 35～49：

35 將殺里克，公使謂之曰:「微（DC）子，則不及此。雖然，子弒二君與一大夫，為子君者，不亦難乎？」(《左傳·僖公》)

36 子犯曰:「師直為壯，曲為老，豈在久乎？微（DC）楚之惠不及此，退三舍辟之，所以報也。」(《左傳·僖公》)

37 戍之，乃還。子犯請擊之。公曰:「不可。微（DC）夫人力不及此。因人之力而敝之，不仁；……」(《左傳·僖公》)

---

9 請參考楊伯駿、何樂士（2001:486）。

38 請以括為公族，曰：「君姬氏之愛子也。微（DC）君姬氏，則臣狄人也。」公許之。(《左傳．宣公》)

39 「吾獲狄土，子之功也。微（DC）子，吾喪伯氏矣。」(《左傳．宣公》)

40 雖微（DC）先大夫有之，大夫命側，側敢不義？(《左傳．成公》)

41 公曰：「子之教，敢不承命！抑微（DC）子，寡人無以待戎，不能濟河。」(《左傳．成公》)

42 若曰「拜君之勤鄭國。微（DC）君之惠，楚師其猶在敝邑之城下」，其可。(《左傳．成公》)

43 微（DC）甯子，不及此。吾與之言矣。(《左傳．成公》)

44 大官、大邑所以庇身也，我遠而慢之。微（DC）子之言，吾不知也。(《左傳．成公》)

45 美哉禹功！明德遠矣。微（DC）禹，吾其魚乎！(《左傳．昭公》)

46 昔鮒也得罪於晉君，自歸於魯君，微（DC）武子之賜，不至於今。(《左傳．昭公》)

47 王怒曰：「余唯信吳，故寘諸蔡。且微（DC）吳，吾不及此。女何故去之？」(《左傳．昭公》)

48 公使朱毛告於陳子，曰：「微（DC）子，則不及此。然君異於器，不可以二。」(《左傳．哀公》)

49 微（DC）二子者，楚不國矣。棄德從賊，其可保乎？(《左傳．哀公》)

以上的否定副詞用法雖僅見於《左傳》，但與例 50～58 相比較，會發現有許多雷同處。例 50～58「微」有作狀態動詞者（VH1）、也有作分類動詞（VG）者、或者動詞狀語（DV）。除了本義「隱匿（行走）」、「衰微」、「隱微」之外，有些句式是相似相仿的，似乎《左傳》是前有所承。如：例 45 的「微禹，吾其魚乎！」與例 42「微君之惠，楚師其猶在敝邑之城下」，應是延續例 54 的「微管仲，吾其被髮左衽矣。」而來。

50 故君子曰：「春秋之稱，微（VH1）而顯，志而晦，婉而成章，盡而不汙，……（《左傳・成公》）

51 齊侯疾，崔杼（DV）微逆光，疾病而立之。（《左傳・成公》）

52 故曰，春秋之稱微（VH1）而顯，婉而辨。（《左傳・昭公》）

53 使與國人以攻白公，白公奔山而縊。其徒微（VP）之。生拘石乞而問白公之死焉。（《左傳・哀公》）

54 管仲相桓公，霸諸侯，一匡天下，民到于今受其賜。微（VG）管仲，吾其被髮左衽矣。（《論語・憲問中》）

55 祿之去公室五世矣，政逮於大夫，四世矣；故夫三桓之子孫，微（VH1）矣。（《論語・季氏上》）

56 有聖人之一體，冉牛、閔子、顏淵則具體而微（VH1）。敢問所安。曰：「姑舍是。」（《孟子・公孫丑篇第二》）

57 世衰道微（VH1），邪說暴行有作，臣弒其君者有之……（《孟子・滕文公篇第三》）

58 曾子，師也，父兄也；子思，臣也，微（VH1）也。曾子、子思易地則皆然。（《孟子・離婁篇第四》）

太田辰夫（1987：280）將上古漢語「微」視為「多作帶有假設的『無』」[10]，其例如下：

---

10 「非」在上古漢語有另一種用途：表假設的否定，請參考楊伯駿、何樂士

微管仲，吾其被髮左衽矣。(論．憲問)

此句的確有假設語氣，但若直接將「微」與「無」連結，在音韻上解釋不通。「微管仲」反倒可以說「若非管仲」，而且還帶有「尊敬」或「推崇」的語氣。《論語》的「微管仲，吾其被髮左衽矣。」、《左傳》的「微禹，吾其魚乎！」與「微君之惠，楚師其猶在敝邑之城下」，其主角「管仲」、「禹」、「君」都是極受肯定、推崇，有重要貢獻的大人物。當然，這些也都反映著說話者主觀的一種判斷。

《詩經．邶風》「微我無酒」，「微」一般作「非」解，即說明了「微」與「非」在語源上的關係密切。而上一節，我們從成系統的諧聲字群、同源詞組裏可知道「微」與「非」所呈現的音韻是「非 *p、匪 *p／微 *m-＜*m-p」的關聯。

6.4 「弗 *p／勿*m-＜*m-p」與其語法分布

「非／微」與「弗／勿」在音韻上的地位，是平行的；而語法功能，也是平行的。兩組都是相同韻部，而聲母則一為雙唇塞音，一為鼻音。這就說明了*m-前綴的存在與演變，「非 *p／微 *m- ＜ *m-p」與「弗 *p／勿 *m- ＜ *m-p」。本小節針對「弗／勿」與其語法分布來討論。「勿」是個後接及物動詞而省略了賓語的否定副詞，帶有很強的主觀意志與主導性。相較之下，「弗」則是客觀的形勢判斷。

(2001：329)。此類「假設性否定」用法的關聯，值得深入討論。

6.4.1 法律條文

何樂士（1994）[11]對否定副詞「弗」、「不」與「勿」有個非常有意思的觀察。何樂士認為法律條文的用字都是非常嚴謹的，可說字斟句酌。無論是出土文獻的律法也好，或者《左傳》記載的相關條文也好：用「不」字，表示其主觀的態度或意念；「弗」字都用在客觀的罪刑事實；而「勿」字則用以表達法律所禁止的行為。何樂士文章裏是這麼區別「弗」與「勿」的：

> ……又如：
>
> （2）何如犯令、廢令？律所謂者，令曰勿為，而為之，是謂犯令；令曰為之，弗為，是謂廢令也。廷行事皆以犯令論。（四，p.32）
>
> 此例的“勿為”表示法律所禁止的行為；“弗為”表示沒有按法律所要求的去做，是對客觀行為的陳述。

6.4.2 賓語

另外一個焦點是在「賓語」。王力（1982：181）認為「勿」不接賓語，而太田認為是省略了賓語。「不接賓語」或「賓語省略」，都是結構的特徵。本文觀察了論語的「勿」字出現的十三個例子：「勿」還是有「特定賓語」，而且可以是「前置」的。請見以下兩例：

59 子曰：「主忠信，毋友不如己者，過則勿（DC）憚改。」（《論語‧子罕下》）

---

11 收於何樂士（2000：41～42）。

60 子曰：「其恕乎！己所不欲，勿（DC）施於人。」（《論語・衛靈公下》）

「過」是「勿憚改」的實質賓語，而「己所不欲」是「勿施」的實質賓語。所以在「賓語」有無的議題上，「勿」、「弗」基本上是一致的[12]。換而言之，這兩句雖無表面的賓語，實際上卻是有，就語意可以將句子恢復如「勿憚改過」「勿施己所不欲於人」。那麼，「勿」、「弗」的後接都算是及物動詞。

另一方面，假如從音韻著眼，「勿」、「弗」皆在上古「微部」入聲合口，都有-t 韻尾。而中古「勿」聲母讀*m-，「弗」聲母讀*p-，表示其差異主要是來自聲母。那麼這語音的差異究竟代表何種什麼構詞或者語法功能？請比較例 59～61 與例 62：

61 「夫明堂者，王者之堂也。王欲行王政，則勿（DC）毀之矣。」（《孟子・梁惠王篇第一》）

62 季氏旅於泰山。子謂冉有曰：「女弗（DC）能救與？」對曰：「不能。」（《論語・八佾上》）

例 59～61 三例是「勿」；例 62 是「弗」，例 60～61 句中還有個「欲」作對舉。「己所不欲，勿施於人」，又或者「欲行……，則勿……」。這說明「勿」不只是個後接及物動詞的否定副詞，還有帶有很強的主觀意志與主導性。相較之下，「弗」的確是客觀的形勢判斷。例 62，孔子問冉有能否挽救這件事？冉有回答不能。顯然交談的焦點，並非冉有主觀的願不願意，而是在於客觀上有沒有辦法。

---

12 金理新（2006：442～443）指出漢語也保存著加 -t 後綴表示[＋致使]關係，如：「枯／竭」、「污／遏」等。（以藏文的角度說，是 -d 後綴，金理新從藏文。）

6.4.3 作格動詞

這不僅是丁聲樹（1933）裏說的「弗」用於『省去賓語的外動詞或是省去賓語的介詞之上』。也是魏培全（2001：144）進一步從「作格動詞」的架構看這件事，發現到這批動詞都做「使成動詞」用：

> 我們考察先秦文獻，發現「弗」所搭配的作格動詞果然幾乎都是做使成動詞的，同時其隱含的賓語也相當「之」，罕有例外。這也就是說，「弗」字差不多可以保證其所搭配的動詞為使成及物動詞，而且其隱而未見的賓語就相當一個代詞「之」。更確切的說，這些在「弗」後的動詞一般相當於「使之V」、「使以之為V」的（這裏的V是不及物的）。

魏培全的觀察十分細膩，極具啟發性，對作格之使成動詞尤有卓見。

6.5 《左傳》的「勿使」與「弗敢」

我們再回到語法分布，有趣的是，到了上古漢語後期（如《左傳》），「勿」／「弗」的「主觀」／「客觀」的對比，除了保留在律法規章，似乎逐漸被「分析化」或「語法化」了。辦法是利用附加一複雜雙賓動詞（VF）「使」或是助動詞（VM）「敢」，成為「勿使」與「弗敢」。在這過程中，*m- 前綴的形態意義，逐漸被淡化。取而帶之的是表達主觀意志貫徹的「使」，與客觀情勢謙稱判斷的「敢」。

語料庫《論》、《孟》與《左》的「弗」共有四一七例，但依能否後接「敢」而分為兩類。我們先來看《論語》與《孟子》所出現的

「弗」共有四十筆，以下舉幾例：

63 子曰：「博學於文，約之以禮，亦可以弗（DC）畔矣夫！」(《論語・顏淵下》)

64 以母則不食，以妻則食之；以兄之室則弗（DC）居，以於陵則居之。是尚為能充其類也乎？(《孟子・滕文公篇第三》)

65 今也不然：師行而糧食，飢者弗（DC）食，勞者弗（DC）息。睊睊胥讒，民乃作慝。(《孟子・梁惠王篇第一》)

例 62 與 63～65 皆是很典型常見的例子。以例 65 的「飢者弗食」與「勞者弗息」平舉，可知絕對不會是「飢者」、「勞者」不願意「吃食」或「休息」，而是客觀情勢「師行而糧食」使然。「飢者弗食」意思指是「使飢餓的人不得以吃食」，而「勞者弗息」則是「使勞累的人不得以休息」。而其他的例子 66～72 的「弗」，則是客觀地陳述分析、說理：

66 鑿斯池也，築斯城也，與民守之，效死而民弗（DC）去，則是可為也。(《孟子・梁惠王篇第一》)

67 比而得禽獸，雖若丘陵，弗（DC）為也。如枉道而從彼，何也？(《孟子・滕文公篇第三》)

68 民之望之，若大旱之望雨也。歸市者弗（DC）止，芸者不變，誅其君，弔其民，如時雨降……(《孟子・滕文公篇第三》)

69 以母則不食，以妻則食之；以兄之室則弗（DC）居，以於陵則居之。是尚為能充其類也乎？(《孟子・滕文公篇第三》)

70 曠安宅而弗（DC）居，舍正路而不由，哀哉！(《孟子・離婁篇第四》)

71 獲於上有道：不信於友，弗（DC）獲於上矣。(《孟子・離婁篇第四》)

72 信於友有道：事親弗（DC）悅，弗（DC）信於友矣。(《孟子·離婁篇第四》)

《論語》、《孟子》的「弗」，絕對不後接助動詞「敢」(VM)，這個特徵與《左傳》截然有別。《左傳》的「弗」有三七七筆，然而除了後接及物動詞外，結構裏最為顯著的特徵是「弗＋敢」連用。請看例 73～80：

73 公曰：「叔父有憾於寡人，寡人弗（DC）敢（VM）忘。」葬之加一等。(《左傳·隱公》)

74 「……許既伏其罪矣，雖君有命，寡人弗（DC）敢（VM）與聞。」(《左傳·隱公》)

75 公曰：「衣食所安，弗（DC）敢（VM）專也，必以分人。」(《左傳·莊公》)

76 公曰：「犧牲、玉帛，弗（DC）敢（VM）加也。必以信。」(《左傳·莊公》)

77 臧文仲教行父事君之禮，行父奉以周旋，弗（DC）敢（VM）失隊。(《左傳·文公》)

78 彘子曰：「鄭人勸戰，弗（DC）敢（VM）從也；楚人求成，弗能好也。(《左傳·宣公》)

79 雖遇執事，其弗（DC）敢（VM）違，其竭力致死，無有二心，以盡臣禮。(《左傳·成公》)

80 三夏，天子所以享元侯也，使臣弗（DC）敢（VM）與聞。(《左傳·成公》)

「弗＋敢」連用在《左傳》裏是很普遍的現象，這個現象很有趣。有意思的地方在於過去客觀的否定詞「弗」，後接的是一個表示

「主觀意願」的助動詞「敢」。但是從句義判斷，這個「敢」還是以「尊敬」的成分大些，未真正展現說話者的意志。

否定詞「勿」也可與「弗」合看，「勿」的情況，同樣是《論語》、《孟子》一組，而《左傳》一組。在「勿」字八十筆資料中，以能否後接「使」為分別。《論》、《孟》的「勿」不與「使」連用，而《左傳》則常見「勿」後接「使」。而「使動式」的結構化，也在這個時候開始[13]。《左傳》:「勿」／「弗」正好是一體的兩面，以「勿＋使」代替《論語》、《孟子》時期的「勿」，也大量以「弗＋敢」替代前一期的「弗」。兩者彼此間成互補分布，且於結構分析化、語法化時，將 *m- 的語法功能離析出來。例 81～85，皆是出自《左傳》，也都是「勿」後接「使」。

81 農夫之務去草焉，芟夷蘊崇之，絕其本根，勿（DC）使（VF）能殖，則善者信矣。』」(《左傳・隱公》)

82 曰:「戒之用休，董之用威，勸之以九歌，勿（DC）使（VF）壞。」九功之德皆可歌也，謂之九歌。(《左傳・文公》)

83 天生民而立之君，使司牧之，勿（DC）使（VF）失性。(《左傳・成公》)

84 有君而為之貳，使師保之，勿（DC）使（VF）過度。(《左傳・成公》)

85 夕以脩令，夜以安身。於是乎節宣其氣，勿（DC）使（VF）有所壅閉湫底以露其體，茲心不爽。(《左傳・昭公》)

如果《左傳》裏，「弗」可離析為「弗＋敢」，而「勿」離析為「勿＋使」，那麼有沒有「勿＋敢」或「弗＋使」？在語料中只有一

13 請參考李佐豐（1989）等。

例「勿+敢」，請見例 86。但是在此句裏「勿」除了後接「敢」，又前接了「使」，不但強化「勿敢」的主觀意志，也強化「使者」的支配性。

86 晉侯使（VF）郤至勿（DC）敢爭。(《左傳・成公》)

底下 87～88 兩例是「弗+使」的例子，都是出自《左傳》。但例 87 的「使」當做「指定」或「派遣」意義。這段文章脈絡是，晉惠公問慶鄭說：「敵人攻進來了，該怎麼辦？」慶鄭回答他：「是君王讓他們得逞的，能夠怎麼辦？」晉惠公說：「放肆無禮！」用占卜來決定誰適合當車右，慶鄭得吉卦。但是晉惠公不用他，卻讓步揚駕御戰車，而家僕徒作車右。並以從鄭國進口的小駟馬來拉車[14]。可見例 87 的「使」，並非真正的使動用法，而是如「夏，城中丘。齊侯使其弟年來聘。」(左傳／隱公) 的「使」一樣。

87 公曰：「不孫！」卜右，慶鄭吉。弗（DC）使。步揚御戎，家僕徒為右。(《左傳・僖公》)

88 子駟抑尉止曰：「爾車非禮也。」遂弗（DC）使獻。(《左傳・成公》)

同樣的解釋也適用於例 88。這故事場景是這樣的：子駟和尉止雙方有過嫌隙爭執，在要去抵禦諸侯的軍隊時，子駟減少了尉止的兵車數。當尉止抓獲俘虜，子駟又要和他爭奪戰功。子駟對尉止說：「你的兵車不合規定。」於是不讓尉止派人去獻俘[15]。這情況就像下

14 晉侯謂慶鄭曰：「寇深矣，若之何？」對曰：「君實深之，可若何！」公曰：「不孫！」卜右，慶鄭吉。弗使。步揚御戎，家僕徒為右。乘小駟，鄭入也。(《左傳・僖公》)

15 初，子駟與尉止有爭，將禦諸侯之師，而黜其車。尉止獲，又與之爭。子駟抑尉

面的例 89～90 一樣，差別在未指明由誰去獻。

89 乃飲酒，使宰獻，而請安。(《左傳・昭公》)

90 公子荊之母嬖，將以為夫人，使宗人釁夏獻其禮。(《左傳・哀公》)

由此，我們知道例 87～88 的「弗＋使」的「弗」指的是主事者「晉惠公」與「子駟」的自發否定行為，否定了後接的動詞(「使」)，指的是主事者的「指派」。

設想《左傳》否定詞「勿」／「弗」的狀況，「勿＋使」與「弗＋敢」大量興起。則《左傳》的「勿」／「弗」與表達主觀意願的助動詞，在搭配限制應該會放鬆很多。反之，在《論語》、《孟子》時期，這類助動詞應該只能搭配主觀意志的「勿」。按楊伯峻、何樂士（2001：218～221)「表示意志的助動詞」，有「欲」、「忍」、「肯」、「願」等。無論是「勿」或「弗」，都不與「願」或「肯」搭配。但有表達高度意願的「欲」，卻可與兩者搭配出現，特別的是一為前接，一為後接。

《論》、《孟》、《左》的「弗＋欲」語料，共有 91～92 兩例，而「欲＋勿 V」，則共有 95～98 等四例。另外為了作對比，我們找了可以做為「欲」前接的否定詞，如例 93～94 的「不＋欲」。

91 既濟，王欲還，嬖人伍參欲戰。令尹孫叔敖弗（DC）欲（VKX)。(《左傳・宣公》)

92 子尾曰：「富，人之所欲也。何獨弗（DC）欲（VKX）？」(《左傳・成公》)

止曰：「爾車非禮也。」遂弗使獻。(《左傳・成公》)

古漢語「欲」幾乎都作分類動詞（VK）用，且是及物的用法[16]。當《左傳》裏的「弗欲」與「不欲」兩者無任何後接時，如 91～94，則表示賓語已移前了。例如 92 裏「弗欲」的對象是「富」，而例 93「不欲」的對象是「與楚」（親近楚國）。這似乎表示《左傳》的「弗」字客觀意謂已經弱化。不過，例 91～92，裏「弗欲」卻是獨排眾議、與眾不同的，故有「何獨弗欲」之說。這也就是何樂士（1994）[17]所說的「『何獨』對『弗欲』的主觀傾向有強調的作用」。而例 93～94 的「不欲」則是很平順地敘述該事，這也映證了段玉裁說的「凡經傳言不者其文直。言弗者其文曲。」[18]

93 衛侯欲與楚，國人不（DC）欲（VKX），故出其君，以說于晉。(《左傳．僖公》)

94 己亥，孟孝伯卒。立敬歸之娣齊歸之子公子裯。穆叔不（DC）欲（VKX），曰：「大子死，有母弟，則立之；無，則立長。」(《左傳．成公》)

以例 95～98 來看，「欲」的對象是動詞詞組，主要由「勿哭」、「勿許」與「勿用」這類表示狀態的詞組組成。請看下列：

---

16 「欲」字典型的及物用法，可參考例 9 子貢曰：「我不欲人之加諸我也，吾亦欲無加諸人。」(論語／公冶上)。

17 收入何樂士（2000），請見何樂士（2000：38）。

18 《說文解字》「弗，撟也。从丿从乀，从韋省。」段玉裁注：「矯也。矯各本作撟。今正。撟者，舉手也。引申爲高舉之用。矯者，揉箭箝也。引申爲矯拂之用。今人不能辯者久矣。弗之訓矯也。今人矯，弗皆作拂。而用弗爲不。其誤蓋亦久矣。公羊傳曰。弗者，不之深也。固是矯義。凡經傳言不者其文直。言弗者其文曲。如春秋公孫敖如京師，不至而復。晉人納捷菑於邾，弗克納。弗與不之異也。禮記。雖有嘉肴。弗食不知其旨也。雖有至道。弗學不知其善也。弗與不不可互易。從丿乀。丿乀皆有矯意。從韋省。韋者，相背也。故取以會意。謂或左或右皆背而矯之也。分勿切。十五部。」

95 葬視共仲。聲己不視，帷堂而哭。襄仲欲（VK）勿哭。(《左傳・文公》)

96 以謀不協。請君臨之，使乞盟。」齊侯欲（VK）勿許，而難為不協，乃盟於耏外。(《左傳・成公》)

97 四方之虞，則願假寵以請於諸侯。」晉侯欲（VK）勿許。司馬侯曰：「不可。」(《左傳・昭公》)

98 子謂仲弓曰：「犁牛之子騂且角，雖欲（VK）勿用，山川其舍諸？」(《論語・雍也上》)

「欲」、「勿」表達的都是主觀意志，不過在這裏的「勿」顯然因「欲」而更弱了些。請比較「勿施於人」(例 60)、『則勿毀之矣』(例 61) 與「雖欲勿用」(例 98)，在「雖欲勿用」的「勿」幾近是狀態的描述。

6.6 否定詞與*m-前綴

本章主要論證了三件事：

首先，最重要的是從與「弗」、「勿」平行的否定詞「非」、「微」，及其他來自諧聲字群與同源詞的事證，而得 *m- 前綴。並且得到演變規則 1a～c，及其相關者 2a～c，如下：

規律 1a	*m- p-	（OC）>	*m-	（MC）
規律 1b	*m- ph-	（OC）>	*m-	（MC）
規律 1c	*m- b-	（OC）>	*m-	（MC）
規律 2a	*s- m-	（OC）>	*x-	（MC）
規律 2b	*s-b-	（OC）>	*p-	（MC）
規律 2c	*N-b-	（OC）>	*b-	（MC）

規律 1a～c 涵蓋的是所有兼與「曉」母、唇塞音「幫非、滂敷、並奉」母接觸的「明微」聲母字。這包括諧聲、同源、及本文討論的「非 *p / 微 *m-」與「弗 *p / 勿 *m-」等否定詞。規律 2a 是由雅洪托夫以來，不斷被學者關注的與「曉」母接觸的「明微」聲母字，如「黑/墨」等。規律 2b 表示的是「使動化」與「名謂化」的 *s-前綴之音韻演變，如「別/別」、「敗/敗」等。規律 2c 則是相對於 *s-的 *N-前綴（即「自動詞」），及其演變。

其次，*m-前綴可以解釋何以中古漢語「明微」聲母字既與「曉」母諧聲，又與「唇塞音」諧聲的事實。同樣的，也解釋了有一批「同源字」出現與諧聲平行的現象。

再者，從「非 *p／微 *m- < *m-p」與其語法分布平行於「弗 *p／勿 *m- < *m-p」與其語法分布，可知 *m- 前綴的功能。帶 *m- 前綴的「勿」、「微」是個後接及物動詞的否定副詞，帶有很強的主觀意志與主導性。相較之下，「弗」、「非」則是客觀的形勢判斷。

第七章

上古漢語否定副詞「不」、「弗」的形態音韻[1]

7.1 「不」、「弗」的語法差異

本節將回顧前輩學者幾個有關「不」、「弗」的重要研究。大致上對「不」、「弗」的關照，可分三方面：其一，「不」、「弗」在句法的分佈如何。其二，「不」、「弗」有否搭配限制。其三，「弗」是否為「不+之」的合音，若否，又代表什麼。最後第三點是本章的重心，將於各節依序開展之。我們注意到：與「弗／不」具有相同的音韻差異的同源近義詞，也有相似的分工。本章利用這類「音韻平行性」來解答「弗／不」的兩個問題。一、「弗／不」的差異究竟是何種功能？二、「弗」是否為「不+之」的合音？本章要證實同樣是*-t，都指涉賓語，且不必然帶「之」。由是推論，「弗／不」的音韻區別來自於致使賓語的指涉，而非合音。

何樂士（1994）[2]從四個方向比較《左傳》的「不」與「弗」，討

1　本文為結合黃金文國科會100年度計畫〈與上古漢語否定詞相關的音韻問題〉（計畫編號：100-2410-H-260-065-，執行期間：2011/8/1～2012/7/31），以及101年度計畫〈（古）藏文資料轉寫檢索系統與漢藏同源詞〉（計畫編號：101-2410-H-260-046-，執行期間：2012/08/01～2013/07/31）的執行成果之一。又，本文裏所有《論》、《孟》、《左》的語料，皆來自「中央研究院上古漢語標記語料庫」特此一併致謝。

2　此論文又收於何樂士（2000：13～60）。

論「不」及「弗」兩字的：一、語法功能差異。二、表義功能差異。三、強調用法差異。四、檢討「弗＝不＋之」。底下來看何樂士指出的現象：

以分佈及各式結合的可能性來說，一、「弗」明顯地受限制，有98%在動詞謂語前出現，且集中出現於及物動詞前，有96%比例[3]；而「不」則是分佈較廣，可以接各種謂語。二、以主語來說，「弗」的主語多是上位者，或為人物或為國家；「弗」作施事主語占94%。「不」則不限身分。三、以賓語的位置來看，則「弗」有98%賓語承前省略；「不」則所在句有60%用非代詞性賓語。四、「不」用在名詞等謂語前，使之成「動詞性」，也可與動詞或形容詞結合成「名詞性」結構；「弗」則否。

表意功能與強調用法方面，則：一、「不」通常表達主觀意願，「弗」多在客觀敘述中，對當事人動作表否定。二、「不」常是誓盟句的焦點，然而誓盟句會用到的「假設否定句」裏，卻不見「弗」。三、「不」表達施事者的主觀、堅決、持久等，「弗」則是對客觀不可能性的強調。「弗」搭配的語氣詞，如「也」、「矣」、「乎」，都表示客觀不可能性的判斷。四、各法律條令中用法上，「不」多帶主觀的意願或持續性，凡定罪者都用「不」；「弗」則用以表示客觀的罪過事實。

魏培全（2001：144～147）則談到「弗」多半搭配「作格動詞」，相關的重點有：一、作格動詞間有及物與不及物用法，其「及物」表「使成」。若「弗」、「勿」含賓語「之」，則搭配的應該都是使成動詞。二、「不」多搭配不及物動詞，若「不」搭作格動詞常是不及物。三、甲骨文的「弗 V」表使動或意動。四、「弗 V」為使成式，而「不 V」為不及物，兩者對比。五、「不行」的主語為受事，

---

3 見何樂士（2000：15）。

「弗行」的主語為施事。

張玉金（2005a、b）討論甲骨文的否定副詞「不」和「弗」在語義指向與動詞配價方面的異同。一、「不」可指向「謂語動詞」，否定「命題」，也可用以否定某些「成分」；而「弗」則只能否定「命題」。二、「不」可後指，也可以前指；而「弗」則只能後指。三、「不」不僅可「近指」，也可以「遠指」；「弗」卻只能「近指」。四、「不」能指向多種性質的成分；而「弗」則只能指向「動詞性成分」。五、「弗」對被指向的成分有特殊搭配限制——主動態的二價或三價動詞；而「不」無此限制。六、「不」和「弗」的使用跟動詞的配價有特殊關係。（非動詞、零價動詞、一價動詞要用「不」字否定；而二價動詞、三價動詞常用「弗」字來否定。）

由這些研究，可以注意到「弗」在語法、語意的各個面向（甚至於上古的各時代）分佈是「受限」的，而「不」則分佈廣泛[4]。顯然，「弗」、「不」在分佈上是有些分工。那麼這種分工究竟是什麼？

7.2 「不」、「弗」的音韻關係與「合音」

從另一方面來看，與「弗／不」具有相同的音韻差異的同源近義詞，也有相似的分工。我們可以利用這類「音韻平行性」來解答「弗／不」的兩個問題。一、「弗／不」的差異究竟是何種功能？二、「弗」是否為「不+之」的合音？本章要證實同樣是*-t，都指涉賓語，且不必然帶「之」。由是推論，「弗／不」的音韻區別來自於賓語的指涉，而非合音。

4　句中若出現否定詞「弗」，後接的及物動詞基本上是不帶賓語的。反之，則帶賓語。同時由「弗行」與「不行」，可判斷主語是「施事」還是「受事」。

在此之前，先回顧否定詞的音韻研究。漢語的否定詞往往有音韻上的同源關係，例如：多為 m 声母，及用 a 或 ə 類元音作主要元音等。王力（1982：178）有著這樣的觀察：

miua 無（无）：miua 毋（同音）
miua 無：miuang 亡罔（魚陽對轉）
miua 無：mak 莫（魚鐸對轉）
miua 無：miai 靡（魚歌通轉）
miai 靡：miat 蔑（歌月對轉）
miat 蔑：muat 末（月部疊韻）
miat 蔑：miuət 未勿（月物旁轉）

王力（1982：178～181）徵引《說文解字》等文獻，說明這些以中古明母作聲母的否定詞之間的關係。

《說文》：“無，亡也。”玉篇：“無，不有也。”字又通“毋”。……
《說文》：“毋，止之也。”詩小雅角弓：“毋教揉升木。”箋：“毋，禁辭。”……
“莫”是無定代詞，譯成現代漢語是“沒有誰”、“沒有甚麼”。……詩邶風谷風“德音莫違。”箋：“莫，無也。”……按，“莫”與“無”不完全同義，由於缺乏同義詞，故以“無”釋“莫”。
“未”否定過去，“不”否定將來，與“不”有別。……
小爾雅廣詁：“勿，無也。”……論語雍也：“雖欲勿用。”皇疏：“勿，猶不也。”。學而：“過則勿憚改。”皇疏：“勿，猶莫也。”按，在“別（不要）”的意義上，“毋”（無）與“勿”同義，但在語法上有所不同。"毋"（無）字後面的動詞一般帶賓語，"勿"後面的動詞一般不帶賓語。

其中的「按語」，為王力的說明或主張。根據他的觀察，這些否定詞之間有著語法關係，但其關鍵並不清楚。這裏還另外有兩組否定詞，請參考王力（1982：102、407）：

piuə 不：piuə 否（疊韻）
piuə 不：piuət 弗（之物通轉）

公羊傳桓公十年："其言'弗遇'何？"注："弗，不之深也。"按，在上古，"弗"字一般只用于不帶賓語的及物動詞的前面，與"不"字在用法上有所區別。

本章要討論的是王力的「piuə 不：piuət 弗（之物通轉）」，按李方桂的系統是「不*pjəgx」與「弗*pjət」。第六章曾經說過「弗」有實質的賓語，只是表面結構裏多半不出現。

首先說明的是，本文基於音韻的考慮對「弗＝不＋之」等此類「合音」的說法，持保留態度。原因是合音詞，如「之於」為「諸」、「不可」為「叵」、「而已」為「耳」、「之焉」為「旃」等[5]，基本上須符合「音節結構式」及「重新音節化」（又稱「音節再分析」）規律。

「重新音節化」的原則是：第一音節的起始輔音先與產出的音節起始（C）相連結，第二音節的主要元音與產出的音節核心（V）相

5　一般的說法裏，還包括「何不」為「盍」。但本文基於「盍」不符合多數的合音規律，暫時擱置一旁。如果「弗」不為「不＋之」得到證實，則「盍」勢必得用其他方式理解。

連結，其後再依序連結上介音（M）或輔音韻尾（E）等。李方桂的上古音可以得「音節結構式」[6]如下：

表七　上古漢語「音節結構式」

音節 I		音節 II		產出音節
(C)(M)(M)VC	+	(C)(M)(M)VC	>	(C)(M)(M)VC
p　　jəg	+	t　　jəg		p　　jəg

按此原則，「弗」若是「不*pjəgx」與「之*tjəg」的合音，則「產出的音節」應為「*pjəg」，而非「*pjət」(「弗」)。以「弗*pjət」做為參照，「合音」的說法若要成立，可推測：首先，第一音節應是個*p-聲母字。其次，第二音節應該是個*-jət（微部入聲）字。但是情況卻顯然不是如此，換句話說，「弗」*pjət 的成因應另有解釋。

王力（1988：424～427）亦談到否定副詞的這個現象，主張「弗」實際上是兼指代詞賓語，而非合音[7]。倘若我們仔細設想這個問題，若「弗」果為「不……之」拼合，何以「不」多搭不及物，「弗」卻搭及物動詞？這裏顯然是自相矛盾的。倘若「不」能作為及物與不及物動詞的否定之用，應該還可以搭配其他的代詞才是。因此，由句法功能來說，「弗」為「不……之」拼合之說，也不無可議。但是，結合音韻與何樂士（1994）、王力（1988）、魏培全（2001）、張玉金（2005）等人對這個語法現象的關照，卻啟發了本

6　本結構式依「主要詞幹」為主，前、後綴或暫表聲調的符號不算在內。

7　楊伯駿、何樂士（2001：786～787）對「合音」也持反對態度。就「**如果從上下文看，及物動詞後邊應該有個"之"作賓語時，"之"大多承上省略而不出現。**」來看，其主張為賓語省略，未涉及音韻。「**但值得注意的是，總還有少數帶賓語的例子。這些賓語大多為名詞、動詞，或其短語，僅有少數為代詞"之"等。因此前輩學者關於"弗=不＋之"、"勿=不＋之"的結論是值得商榷的。**」

章由另一種方式切入問題的重心。

7.3 *-t 後綴指示「受事標記」

「不*pjəgx」與「弗*pjət」的聲母（起始輔音）、介音、主要元音都相同，唯一的差別是韻尾*-g／*-t。「弗」的韻尾為*-t，「不」則否。本文注意到有許多兩兩成對的同源詞或甚至諧聲字間，也有類似的關係。如果這些平行而成對的動詞，帶*-t 後綴者可接「受事名詞」，則這個音韻的平行性的指向就很清楚。上古漢語「動詞」有*-t 後綴，指示「致使標記」。

7.3.1 「魚部」／「祭部入聲」的*-g／*-t 標記[8]

以下由幾對與「不」、「弗」的音韻關係相當的詞彙來看這個問題。例 1～4 的「魚部」字與「祭部入聲」字皆以 a 為主要元音，韻尾同樣呈現出-g／-t 的關係。這批-g／-t 交替的同源字，在音韻上與「不」／「弗」一致，但是語法功能上卻是「指示賓語」而不是真的有個「之」與之拼合。這些語料的共通性，讓我們知道有個*-t 後綴用以「指示賓語」。請看例 1～4：

1 枯 khag：渴竭 khat（魚祭通轉）

- 《說文》：枯，槀也。从木古聲。《夏書》曰：「唯箘輅枯。」木名也。苦孤切。（段注：槁也。從木，古聲。苦孤切。五部。夏

8 關於「魚部」與相關韻部間的構詞音韻，可參考黃金文（2012）。該文利用漢藏比較的材料，談「魚部」與「歌部」的韻尾構擬，前者是*-g後者為*-l。主要的依據是來自上古漢語「稱代詞」以「加綴」的方式顯現藏文「格位」的區別。

書曰。唯箘輅枯。禹貢文。今尚書作惟箘簬楛。按惟作唯。轉寫誤也。輅當依竹部引書作簬。楛作枯，則許所據古文尚書如是。竹部引書作楛。非也。枯，逗。各本無此字。今補。木名也。此釋書之枯非枯槀之義。如引壐讒說，而又釋壐。引曰圛，而又釋圛。引布重莧席，而又釋莧。皆非壐，圛，莧本義。必別釋以曉人也。木名，未審何木。《周易》大過之枯。鄭音姑。謂無姑山榆。《周禮》壺涿氏。杜子春讀棒爲枯。云枯榆，木名。疑當是枯榆也。而馬云可以爲箭。或謂枯乃楛之假借。未知其審。《考工記》注引尚書箘簬枯。音義曰，枯，尚書作楛。鄉射禮注引國語肅慎貢枯矢。音義曰。枯，字又作楛。然則鄭所據尚書，國語皆作枯與許所據合也。）《唐韻》苦胡切《集韻》、《韻會》、《正韻》空胡切，𠀤音刳。《史記・諸侯表》：鐫金石者難為功，摧枯朽者易爲力。又《周禮・天官・鄭註》：童枯不稅。（《疏》山林不茂爲童，山澤無水爲枯。）

- 《說文》：渴，盡也。从水曷聲。苦葛切〖注〗𣄡，古文渴。（段注：盡也。渴竭古今字。古水竭字多用渴。今則用渴爲㵣字矣。从水。曷聲。佩觿曰。說文，字林渴音其列翻。按大徐苦葛切。非也。十五部。）〔古文〕𣄡《唐韻》苦葛切《集韻》丘葛切，𠀤音磕。《說文》本作㵣。从欠，渴聲。《徐曰》今俗用渴字。《玉篇》欲飲也。《詩・小雅》載饑載渴。又急也。《公羊傳・隱四年》不及時而日渴葬也。又《廣韻》渠列切《集韻》《韻會》《正韻》巨列切，𠀤音傑。水涸也。《周禮・地官》草人凡糞種，渴澤用鹿。（《疏》渴，故時停水。今乃渴也。）《禮・曲禮》君子不盡人之歡，不竭人之忠。《史記・太史公自序》神大用則竭。

2 豫 lagh：說（悅）luat（魚祭通轉）

- 《說文》：豫，象之大者。賈侍中說：不害於物。从象予聲。 𧰼，古文。羊茹切〖注〗𤕜，古文。文二　重一。（段注：象之大者。此豫之本義，故其字从象也。引申之，凡大皆偁豫。故《淮南子》、《史記》循吏傳、〈魏都賦〉皆云。市不豫價。《周禮・司市》注云。防誑豫。皆謂賣物者大其價以愚人也。大必寬裕。故先事而備謂之豫。寬裕之意也。寬大則樂。故釋詁曰。豫，樂也。《易》鄭注曰：豫，喜豫說樂之皃也。亦借爲舒字。如洪範。豫，恒燠若。卽舒，恒燠若也。亦借爲與字。如《儀禮》古文與作豫是也。賈侍中說。不害於物。賈侍中名逵。許所從受古學者也。侍中說豫象雖大而不害於物。故寬大舒緩之義取此字。从象。非許書則从象不可解。予聲。羊茹切。五部。俗作預。）《爾雅・釋詁》安也。《又》樂也。《玉篇》怠也，佚也。《正韻》悅也。《易・豫卦疏》謂之豫者，取逸豫之義，以和順而動，動不違衆，衆皆悅豫也。《書・太甲》無時豫怠。《詩・小雅》逸豫無期。又《增韻》遊也。《孟子》一遊一豫，爲諸侯度。
- 《說文》：說，釋也。从言兌。一曰談說。失爇切。又，弋雪切。《易・益卦》民說無彊。《爾雅・釋詁》樂也。又服也。《韻會》喜也。《易・益卦》民說無疆。《兌卦》說以先民。《論語》不亦說乎。《毛氏》曰古與論說字通用。後人作悅字。以別之。亦作兌。

3 淤ʔjag 瘀ʔjagh：遏ʔat （魚祭通轉）

- 《說文》：淤，澱滓濁泥。从水於聲。依據切。（段注：澱滓濁泥也。方言。水中可居爲洲。三輔謂之淤。其引申之義也。从水。

於聲。依據切。五部。)《玉篇》水中泥草。《方言》水中可居者曰洲，三輔謂之淤。(《註》:《上林賦》曰：行乎州淤之浦也。)。又《廣韻》央居切《集韻》《韻會》《正韻》衣虛切，𠀤音於。義同。又《集韻》或从土作瘀。通作閼。《通鑑》秦鑿涇水爲渠，注塡閼之水。

- 《說文》:瘀，積血也。从疒於聲。依倨切。(段注：積血也。血積於中之病也。九辯曰。形銷鑠而瘀傷。从疒。於聲。依據切。五部)
- 《說文》:遏，微止也。从辵曷聲。讀若桑蟲之蝎。烏割切。(段注：微止也。釋詁。遏止也。按微者細密之意。从辵。曷聲。讀若桑蟲之蝎。之字衍。烏割切。十五部。桑蟲蝎見虫部。蜀也。亦名蝤蠐。)《爾雅．釋詁》:遏，止也。(《註》以逆相止曰遏。)《廣韻》絕也。《易．大有》君子以遏惡揚善。《書．武成》以遏亂略。(《註》遏，絕亂謀也。)

4 舉 kjagx：揭 kjiat(魚祭通轉)

- 《說文》:擧，對擧也。从手與聲。居許切。(段注：對擧也。對擧謂以兩手擧之。故其字从手與。ナ手與又手也。从手。與聲。居許切。五部。一曰輿也。小徐有此四字。按輿卽舁。轉寫改之。左傳：使五人輿豭從己。舁之叚借也。舁者，共擧也。共者，非一人之辭也。擧之義亦或訓爲舁。俗別作拳屭入說文。音以諸切。非古也。)《徐曰》:輿輦。《增韻》:扛也。又挈也。《廣韻》:擎也。《周禮．冬官考工記．廬人》縠兵同强，擧圍欲細。(《註》擧，謂手所操。)又《增韻》:立也。《左傳．文元年》:楚國之擧，恆在少者。(《註》擧，立也。)
- 《說文》:揭，高擧也。从手曷聲。去例切。又，基竭切。(段

注：高舉也。見於詩者，匏有苦葉傳曰。揭，褰裳也。碩人傳曰。揭揭，長也。蕩傳曰。揭，見根皃。从手。曷聲。去例切。又基竭切。十五部。）《增韻》：舉而豎之也。《前漢・陳項傳贊》：揭竿爲旗。《張衡・西京賦》豫章珍館，揭焉中峙。　又擔也，負也。《戰國策》：馮煖于是乘其車，揭其劍。《史記・東方朔傳》數賜縑帛，擔揭而去。又《集韻》：丘其謁切，音碣。亦擔也。又《唐韻》：居列切，音孑。揭起也。《詩・小雅》：維北有斗，西柄之揭。又《大雅》：顛沛之揭。(《傳》揭，見根貌。《疏》樹倒故根見。)《戰國策》：脣揭者，其齒寒。(《註》揭，猶反也。）又《集韻》：丘去例切，音憩。亦高舉也。又褰衣涉水，由膝以下也。《詩・邶風》：淺則揭。《爾雅・釋水》：揭者，揭衣也。《司馬相如・上林賦》：涉冰揭河。

例 1～4 的性質相同，請一併觀之。例 1 的「童枯不稅」、「摧枯朽者易爲力」與「渴澤用鹿」相較，顯然「枯」後面不用接「受事名詞」，而「渴」須有後接。例 3 的「三輔謂之淤」與「君子以遏惡揚善」也是同樣的情況，「淤」為狀態的陳述，而「遏」須有後接。例 4 的「楚國之舉」、「使五人輿猳從己」與「揭竿爲旗」相對，「舉」未必須要後接，而「揭」是一定得有後接名詞組。以上三例再與例 3 比較，則此「受事名詞」是可移到前面的。例 3「逸豫無期」與「民說無疆」、「不亦說乎」中，「豫」與「說」雖然意義相近，但是「說」的受事者「民」(或「君子」)，可以前移，也可以隱藏。

7.3.2 「枯」與「竭」、「渴」

「枯」*khag 是「魚部」的中古「溪」母來源字；「渴」與

「竭」*khat 則是「祭部入聲」的中古「溪」母來源字。「枯」與「竭」、「渴」是一組音義相近的同源字，其差異在韻尾*-g／*-t 的不同[9]。

以下我們以例 1 的「枯」與「竭」、「渴」為例，看這幾個字在傳世文獻裏的用法[10]。語料庫的「枯」共四十筆，多數為 VH1，例如：

5 五穀不滋，四鄙入保；行冬令，則草木蚤枯（VH1），後乃大水，敗其城郭。(《禮記・月令第六》)

6 三日，叢往求之，遂弗歸。五日而叢枯（VH1），七日而叢亡。(《戰國策・秦》)

7 榮辱之來，必象其德。肉腐出蟲，魚枯（VH1）生蠹。怠慢忘身，禍災乃作。(《荀子・勸學篇第一》)

8 玉在山而草木潤，淵生珠而崖不枯（VH1）。(《荀子・勸學篇第一》)

9 安燕而血氣不惰，勞倦而容貌不枯（VH1），怒不過奪，喜不過予。(《荀子・修身篇第二》)

10 川淵枯（VH1）、則魚龍去之，山林險，則鳥獸去之。(《荀子・致士篇第十四》)

11 鮑焦、華角，天下之所賢也，鮑焦木枯（VH1），華角赴河，雖賢不可以為耕戰之士。(《韓非子・第四十七篇八說》)

12 五穀不滋，四鄙入保。行冬令，則草木早枯（VH1），後乃大水，敗其城郭。(《呂氏春秋・十二紀・孟夏紀第四》)

---

9 上古「入聲韻尾」各家是有共識的。上古漢語中，有大量陰聲與入聲接觸的現象，這是確定的。然而爭議在如何處理陰聲與入聲接觸的問題，致使各家在「陰聲韻」是否有輔音韻尾的看法不同。

10 為了廣泛收羅「枯」／「竭」、「渴」以及「豫」／「說」、「悅」的語料，本章以「中央研究院上古漢語標記語料庫」的所有文獻為搜尋對象。

13 木益枯（VH1）則勁，塗益乾則輕，以益勁任益輕則不敗。（《呂氏春秋・六論・似順論第五》）

這批例句，如「草木蚤枯」、「魚枯生蠹」、「川淵枯」、「木益枯則勁」等的「草木」、「魚」、「川淵」、「木」的「枯槁」幾乎都是自然而然的狀態，並非外力使然。而且，絕對不會與表達主觀意志的「欲」、「敢」等法相動詞搭配。這顯然與「渴」、「竭」的情況有極大的差別。若以「竭」為 VH1 作對比，這些都呈現因某些舉動引發的後果：

14 蹇叔曰：「勞師以襲遠，非所聞也。師勞力竭（VH1），遠主備之，無乃不可乎？（《左傳・僖公》）

15 霸主之餘尊，而欲誅之，窮變極詐，詐盡力竭（VH1），禍大及身。（《春秋繁露・滅國上第七》）

16 此其君欲得，其民力竭（VH1），惡足取乎！（《史記・列傳・蘇秦列傳》）

17 夫國必依山川，山崩川竭（VH1），亡之徵也。川竭（VH1），山必崩。若國亡不過十年，數之紀也。（《國語・周語上》）

18 山崩及徙，川塞谿垘；水澹地長，澤竭（VH1）見象。（《史記・書-天官書第五》）

19 厭其源，開其瀆，江河可竭（VH1）。（《荀子・修身篇第二》）

與「枯」對比最鮮明的是例 19，強調人的主觀意志可以達到的「江河可竭」。而「師勞力竭」（例 14）其實是因「勞師以襲遠」而起，「詐盡力竭」（例 15）也是機關算盡的產物。

請看以下「渴」、「竭」做為使成動詞用者（VP），前面的四例皆表達了說話者的強烈意願：

20 王今命之，臣固敢竭（VP）其愚忠。(《戰國策・趙》)

21 君知臣，臣亦知君知己也，故臣莫敢不竭（VP）力，俱操其誠以來。(《管子・乘馬第五》)

22 吾欲使民無惑，吾欲使士竭（VP）力，吾欲使日月當時，吾欲使聖人自來，(《孔子家語・賢君第十三》)

23 挾伊、管之辯，素無根柢之容，而欲竭（VP）精神，開忠信，輔人主之治，(《新序・雜事第三》)

關鍵在「臣固敢竭其愚忠」、「臣莫敢不竭力」的「敢」，「吾欲使士竭力」、「欲竭精神」的「欲」，這些都是個人的意志的一種表述。

24 葬者曷為或日，或不日？不及時而日，渴（VP）葬也。不及時而不日，慢葬也。(《春秋公羊傳・隱公三年》)

25 編之以皁棧，馬之死者十二三矣；飢之，渴（VP）之，馳之，驟之，整之，齊之。(《莊子・馬蹄》)

26 臣共勢以成功乎？一曰。造父為齊王駙駕，渴（VP）馬服成，效駕圃中，渴馬見圃池。(《韓非子・第三十五篇外儲說右下》)

27 入圃，馬見圃池而走，造父不能禁。造父以渴（VP）服馬久矣，今馬見池，駻而走。(《韓非子・第三十五篇外儲說右下》)

28 知貧富利器，皆時至而作，渴（VP）時而止。(《呂氏春秋・六論・士容論第六》)

29 用民者，殺之，危之，勞之，苦之，飢之，渴（VP）之。(《管子・法法第十六》)

30 君子不盡人之歡，不竭（VP）人之忠，以全交也。(《禮記・曲禮上第一》)

31 毋作大事，以妨農之事。是月也，毋竭（VP）川澤，毋漉陂

池，毋焚山林。(《禮記・月令第六》)

32 是以致其敬，發其情，竭（VP）力從事以報其親，不敢弗盡也。(《禮記・祭義第二十四》)

33 臣下竭（VP）力盡能以立功於國，君必報之以爵祿。(《禮記・燕義第四十七》)

34 故臣下皆務竭（VP）力盡能以立功，是以國安而君寧。(《禮記・燕義第四十七》)

35 子夏曰：「賢賢易色，事父母能竭（VP）其力，事君能致其身，與朋友交言而有信。(《論語・學而下》)

36 有鄙夫問於我，空空如也，我叩其兩端而竭（VPZ）焉。(《論語・子罕上》)

37 欲罷不能，既竭（VP）吾才，如有所立卓爾。雖欲從之，末由也已。(《論語・子罕上》)

38 滕文公問曰：「滕，小國也。竭（VP）力以事大國，則不得免焉。如之何則可？」(《孟子・梁惠王篇第一》)

39 遵先王之法而過者，未之有也。聖人既竭（VP）目力焉，繼之以規矩準繩，以為方員平直。(《孟子・離婁篇第四》)

40 以為方員平直，不可勝用也；既竭（VP）耳力焉，繼之以六律，正五音，不可勝用也。(《孟子・離婁篇第四》)

41 既竭（VP）心思焉，繼之以不忍人之政，而仁覆天下矣。(《孟子・離婁篇第四》)

42 夫公明高以孝子之心，為不若是恝，我竭（VP）力耕田，共為子職而已矣，父母之不我愛。(《孟子・萬章篇第五》)

「渴馬服成」（例 26）與「渴之」（例 25）、「以渴服馬」（例 27）其實是同一件事，利用馬少飲水而渴，好達成目的。這類是「致使」的用法，「渴（VP）之」指的是「使之渴」。例 31 的「毋竭川澤」，指的是「毋使川澤枯竭」，特別從禁制詞「毋」可以看出來。例 33～34 的「竭力盡能」與「竭其力」（例 25）或「竭力」（例 32）等等意義相當，都是主語表達「傾盡全力」的話語，雖未必需要以「致使」看待，但若與例 20、21 一起看，又覺得的確有「義無反顧」的姿態。可以發現這批作為 VP 使用的「竭」或「渴」，其後接名詞多半不是代名詞，即使有代詞「之」也不出現合音。「竭」或「渴」的 *-t 後綴同時有「致使」的意涵，也指示「賓語標記」。

下面是「枯」的三筆例外。例 43 的「攻狄不能，下壘枯丘」，《御覽》作「攻狄不下，壘於梧丘。」可見，「枯丘」或「梧丘」是個非特指的名詞[11]，指「當塗的高丘」。

43 大冠若箕，脩劍拄頤，攻狄不能，下壘枯（VP）丘。（《戰國策・楚》）

44 黃帝之王，謹逃其爪牙。有虞之王，枯（VP）澤童山。（《管子・國准第七十九》）

45 潦水不泄，瀇瀁極望，旬月不雨則涸而枯（VP）澤，受瀷而無源者。（《淮南子・卷六覽冥訓》）

至於「枯澤童山」（例 44）與「枯澤」（例 45）意思與「竭澤」、「童山」相同。而且從同一篇章看來「竭澤」更廣泛使用，請看同樣是《管子・國准第七十九》，有一處用「枯澤」，兩處用「竭澤」：

46 童山竭（VP）澤者，君智不足也。……（《管子・國准第七十九》）

47 立祈祥以固山澤，立械器以使萬物，天下皆利而謹操重筴，童山

---

11 《晏子春秋・雜下三》：「景公畋於梧丘。」集釋引《釋名》：「當塗曰梧丘。」

竭（VP）澤，益利搏流。（《管子・國准第七十九》）

從「枯」與「竭」、「渴」的比較來看，作為 VP 使用的「竭」或「渴」，其後接名詞多半不是代名詞，即使有代詞「之」也不會合音。「竭」或「渴」的*-t 後綴同時有「致使」的意涵，也指示「賓語標記」。

7.3.3 「豫」與「說」、「悅」

「豫」*lagh 是「魚部」的中古「喻四」來源字[12]，而「說」或「悅」*luat 則是「祭部入聲」的中古「喻四」來源字。「豫」與「說」、「悅」也是一組音義相關的同源詞，其差異在韻尾*-g／*-t。

「豫」作「喜豫說樂」的意義解釋時，都作狀態不及物動詞（VH1）。而「說」、「悅」則主要有兩種用法，一是作準狀態不及物動詞（VH2），二是作使成動詞（VP）用。這樣的分佈情形，與「枯」與「竭」、「渴」是一致的。底下我們先來看例 48～50「豫」及例 51～53「說」、例 54～56「悅」的狀態不及物用法（VH1）、（VH2）：

48 夫子若有不豫（VH1）色然。（《孟子・公孫丑篇第二》）

49 一遊一豫（VH1），為諸侯度。（《孟子・梁惠王篇第一》）

50 吾何為不豫（VH1）哉？（《孟子・公孫丑篇第二》）

51 士蔿以告，公悅（VH2），乃伐翟柤。（《國語・晉語一》）

52 憂心惙惙；亦既見止，亦既覯止，我心則說（VH2）。（《詩經・國風召南草蟲》）

---

12 「豫」字的擬音是為讀者方便而加的，*lagh音節尾的輔音-h表示「去聲」。

53 蔽芾甘棠，勿翦勿拜，召伯所說（VH2）。（《詩經・國風召南甘棠》）

54 苟交利而得寵，志行而眾悅（VH2），欲其甚矣，孰不惑焉？（《國語・晉語一》）

55 齊王大悅（VH2），發師五萬人，使陳臣思將以救周。（《戰國策・東周》）

56 楚王乃悅（VH2）。雍氏之役，韓徵甲與粟於周。（《戰國策・西周》）

文獻裏的「豫」多半以「不豫」連用。不過，在能否前接否定副詞「不」，「豫」與「說」、「悅」並沒有差別，請看例57～62：

57 往者不悔，來者不豫（VH1）。（《禮記・儒行第四十一》）

58 吾王不豫（VH1），吾何以助？（《孟子・梁惠王篇第一》）

59 我不見兮，我心不說（VH2）。（《詩經・小雅都人士》）

60 君合諸侯，臣敢不敬，君不說（VH2），請死之。（《國語・晉語七》）

61 鄒忌事宣王，仕人眾，宣王不悅（VH2）。（《戰國策・齊》）

62 宣王默然不悅（VH2）。（《戰國策・楚》）

儘管，「吾王不豫」（例 58）、「我心不說」（例 59）與「宣王不悅」（例 61）都能成立，但在語感上還是有些差異。「不豫」是主動的，而「不說」、「不悅」的我或者宣王是被某人某事所影響牽動的。試看下列的「百姓」（或「民」）之所以「悅」或「不悅（說）」，都有個理由在前面：

63 「射姑，民眾不說（VH2），不可使將。」（《春秋公羊傳・文公六年》）

64 邵伯暴處遠野，廬於樹下，百姓大悅（VH2），耕桑者倍力以勸，於是歲大稔。(《韓詩外傳・卷一》)

65 行而民莫不說（VH2）。(《禮記・中庸第三十一》)

假使再看「說」、「悅」當作使成動詞 VP 用時，就更清楚了。「賞以悅眾」(例 66)、「理義之悅我心」(例 67)、「芻豢之悅我口」(例 67) 等，顯然「眾人」、「心」、「口」，乃至「百姓」都是被「致使」的對象。

66 且賞以悅（VP）眾，眾皆哭，焉作轅田。(《國語・晉語三》)

67 故理義之悅（VP）我心，猶芻豢之悅（VP）我口。(《孟子・告子篇第六》)

68 仲尼曰：「政在悅（VP）近而來遠。」(《韓非子・第三十八篇難三》)

69 今不內自訟過，不悅（VP）百姓，將何錫之哉！(《韓詩外傳・卷三》)

70 王誠能發卒佐之，以邀射其志，而重寶以悅（VP）其心，卑辭以尊其禮，則其伐齊必矣。(《孔子家語・屈節解第三十七》)

魏培全（2000：144～145）將「悅」(及「悅」) 放在「作格動詞」之列。這是為什麼我們會看到例 71「女為悅己者容」，的確有個「悅己者」存在。

71 士為知己者死，女為悅（VH2N）己者容。(《戰國策・趙》)

「枯」*khag 與「竭」、「渴」*khat 是一組音義相近的同源字，其差異在韻尾*-g／*-t 的不同。「枯」不與表達主觀意志的助動詞「欲」、「敢」、或貫徹意志的最終結果「可」，乃至禁制詞「毋」等搭配，但「渴」、「竭」卻可以。「豫」*lagh 與「說」、「悅」*luat 也是一組音義相關的同源詞，其差異在韻尾*-g／*-t。其中，「豫」只能作為狀態的陳述，而「悅」及「悅」這類「作格動詞」，卻可以有使成用法。無論是「渴」、「竭」或「說」、「悅」的使成動詞裏，後接的名詞賓語不一定是代名詞，即使是後接「之」也不合音。這說明「枯」／「竭」、「渴」與「豫」／「說」、「悅」共有的*-t 後綴，是一個致使的賓語標記。

7.4 「不能救」與「弗能救」的差異

在《論語》、《孟子》、《左傳》三種文獻裏，「不」共出現有五千筆，「弗」則有四一七筆。不僅僅只是何樂士（1994）所言，「弗」的分佈較為侷限，連出現的頻率都有十倍以上的差距。在第六章中，我們曾經談過「弗」與「勿」的一些有趣的現象，如：「弗」、「非」較為客觀，而「勿」、「微」總是帶主觀的判斷、「勿」與「微」都有*m-前綴、或者「勿」《左傳》的「弗+敢」及與之相對的「勿+使」等現象。現在，我們由「不能」與「弗能」看「不」／「弗」的*-t 後綴究竟如何。

法相動詞「能」指具有能力去完成某件事，在上古漢語中的起源甚早。楊伯駿、何樂士（2001：214～215）談到「《論語》以『能』作助動詞共六十二次」。底下這兩段文字以「不為」與「不能」對舉，最能解釋其中的區別：

72 曰：「不為者與不能者之形何以異？」曰：「挾太山以超北海，語人曰『我不能』，是誠不能也。為長者折枝，語人曰『我不能』，是，是不為也，非不能也。故王之不王，非挾太山以超北海之類；王之不王，是折枝之類也。(《孟子．梁惠王篇第一》)

73 徐行後長者謂之弟，疾行先長者謂之不弟。夫徐行者，豈人所不能哉？所不為也。(《孟子・告子篇第六》)

「不＋能」連用與「不＋為」連用，顯然這表示說話者主觀的「能力」與「意願」。假使，說話者主觀意願為否定時，那麼無論如何也絕對不會作。請看例 74：

74 「父戮子居，君焉用之？洩命重刑，臣亦不為。」(《左傳・成公》)

因此我們贊同何樂士（2000：41～42）對「不」的看法。在出土文獻的律法與《左傳》記載的相關條文，用「不」字，都表示其主觀的態度或意念。下面為《論語》、《孟子》裏幾例表述主觀能力的例子，與何樂士所觀察到《左傳》的「不」是一致的。

75 子曰：「不患人之不己知，患其不能也。」(《論語・憲問下》)

76 今由與求也，相夫子，遠人不服而不能來也；邦分崩離析而不能守也。而謀動干戈於邦內。吾恐季孫之憂，不在顓臾，而在蕭牆之內也。(《論語・季氏上》)

77 齊景公待孔子，曰：「若季氏則吾不能，以季、孟之閒待之。」曰：「吾老矣，不能用也。」孔子行。(《論語・微子上》)

78 曰：「夫子聖矣乎？」孔子曰：「聖則吾不能，我學不厭而教不倦也。」(《孟子・公孫丑篇第二》)

79 對曰：「不幸而有疾，不能造朝。」(《孟子・公孫丑篇第二》)

80 有人於此，力不能勝一匹雛，則為無力人矣。(《孟子・告子篇第六》)

有趣的是，在《論語》、《孟子》、《左傳》文獻裏，有「不能」，也有「弗能」。那又代表著什麼？我們利用動詞「救」來看這個問題，「不」、「弗」是否與及物性相關。以《左傳》看來，不全然是及物性的問題。其次是「弗能救」比「不能救」多了些局勢的主觀判斷，有時並非「能力」可否勝任。

首先看例 81～82「弗」的例子。「弗能救」後面的確如預期的，未有形式賓語：

81 季氏旅於泰山。子謂冉有曰：「女弗能救與？」對曰：「不能。」（《論語・八佾上》）

82 晉侯曰：「戎狄無親而貪，不如伐之。」魏絳曰：「諸侯新服，陳新來和，將觀於我。我德，則睦；否，則攜貳。勞師於戎，而楚伐陳，必弗能救，是棄陳也。諸華必叛。戎，禽獸也。獲戎、失華，無乃不可乎！」（《左傳・成公》）

其次，是例 83～85「不」的例子。「不能救」有三例不加賓語，也有三例加賓語。顯然，是否加賓語並非「弗」、「不」區別的主要條件[13]。

83 大夫諫公曰：「同盟滅，雖不能救，敢不矜乎？吾自懼也。」（《左傳・文公》）

84 曰：「君昏不能匡，危不能救，死不能死，而知匿其暱，其誰納之？」（《左傳・成公》）

85 穆子告韓宣子，且曰：「楚滅陳、蔡，不能救，而為夷執親，將焉用之？」乃歸季孫。（《左傳・昭公》）

86 楚師在蔡，晉荀吳謂韓宣子曰：「不能救陳，又不能救蔡，物以無親。晉之不能亦可知也。」（《左傳・昭公》）

---

13 前文也談到何樂士對《左傳》的觀察：當賓語為名詞時，「不V」約保留著60%的賓語。與我們對「不能救」的觀察是吻合的。

87 秋，會于厥慭，謀救蔡也。鄭子皮將行。子產曰：「行不遠，不能救蔡也。蔡小而不順，楚大而不德，天將棄蔡以壅楚，盈而罰之，蔡必亡矣。」(《左傳・昭公》)

可是「弗能救」與「不能救」在語感上，又有著細微的分別。以例 81 孔子之問冉有，其實冉有若不顧一切，是可以阻止的[14]。但冉有的「能力」對客觀情勢起不了什麼具體的作用。同樣的，例 82 也是一種局勢的判斷，晉侯與魏絳的討論中「勞師於戎」是救不到陳國的主因。並非原本晉國的能力不足以救陳，所以魏絳說這樣做（指選擇出兵討伐戎）意味著「棄陳」。而「不能救」就只是很單純地陳述能力問題，例 86「不能救陳，又不能救蔡……晉之不能亦可知也」是特別顯明的例子。

7.5 「不」與「自」共現

還記得第四章曾經利用古漢語「作格動詞」的「使動及物」／「起動不及物」的交替著手，從語音的規律對應找句法分佈特徵相合者。例如從結構來區分「敗」、「別」等動詞的兩種用法：則一為及物動詞，後接賓語；而另一為不及物動詞，不帶賓語。這類動詞由結構的及物與否即可判斷其「自動」／「使動」的屬性，兩者是「互補分佈」的。有意思的是，這類「起動不及物」的動詞（如「敗」或「別」）可以前接「自（DH）1」（無外力協助，即「自然」或「自動」），而「使動及物」卻不能。相反的，動詞的「使動及物」（「裂」）卻可以與「自（DH）2」（自主意願（volitional），即「親

14 可參考第六章，例62的討論：孔子問冉有能否挽救這件事？冉有回答不能。交談的焦點，並非冉有主觀的願不願意，而是在於客觀上有沒有辦法。

自」）搭配[15]。

本節要利用「弗」、「不」與「自（DH）2」的搭配關係，來論證「致使性」。「弗」不與「自（DH）2」互搭，帶致使性；而「不」可與「自（DH）2」共現，帶有自主與自發性。這種句法配置的互補分佈，是因*-t 後綴引起的區別。

以下例 88～96 都是「不」與「自」搭配的情況：「不能自克」（例 88～89）指的是完全無法控制自己。「故由由然與之偕而不自失」（例 90）說的是柳下惠這個人可以很自在地與任何人一起而不覺得有什麼不對或什麼損失。「禍福無不自己求之者」（例 95）則更清楚指出國家安逸享樂是「自求禍」，無論是福抑或者禍都是人自己招致的；此與「自作孽，不可活」（例 91）有著相似的判斷。「不自織」（例 92）與「自織」相對，問的是許子何以不親自為之？蒯聵「不敢自佚」（例 93）則是不敢自圖安逸。孟子的「自反而不縮」（例 94）與「自反而縮」相對：前者指內自省發現理虧，後者則是經由自省而能理直氣壯的。此兩者所採取的因應態度將有所不同。

88 夫子知度與禮矣。我實縱欲，而不能自克也。(《左傳・昭公》)

89 王揖而入，饋不食，寢不寐，數日，不能自克，以及於難。(《左傳・昭公》)

90 故曰：「爾為爾，我為我；雖袒裼裸裎於我側，爾焉能浼我哉！」故由由然與之偕而不自失焉，援而止之而止。(《孟子・公孫丑篇第二》)

91 太甲曰：「天作孽，猶可違；自作孽，不可活。」(《孟子・公孫丑篇第二》)

15 請參考第四章「使動及物」／「起動不及物」與「自(DH)1」、「自(DH)2」搭配的相關討論。

92 曰：「自織之與？」曰：「否。以粟易之。」曰：「許子奚為不自織？」曰：「害於耕。」(《孟子．滕文公篇第三》)

93 蒯聵不敢自佚，備持矛焉。(《左傳．哀公》)

94 「子好勇乎？吾嘗聞大勇於夫子矣：自反而不縮，雖褐寬博，吾不惴焉；自反而縮，雖千萬人，吾往矣。」(《孟子．公孫丑篇第二》)

95 今國家閒暇，及是時般樂怠敖，是自求禍也。禍福無不自己求之者。(《孟子．公孫丑篇第二》)

96 今有仁心仁聞，而民不被其澤不可法於後世者，不行先王之道也。故曰：徒善不足以為政，徒法不能以自行。(《孟子．離婁篇第四》) [16]

從這些引例來判斷，與「不」共現的「自」的確有強烈的「自主意願」。4.4.2 節裏以「余又欲殺甲，而以其子為後，因自裂其親身衣之裏以示君而泣……」談到搭配「使動及物」的「自（DH）2」是「自主意願」，能顯現主語的自主性。

相反的，「弗」與「自」則有明確的搭配限制，在「弗」的四一七筆語料當中完全沒有「自」出現在帶著「弗」的句子。可以說，與「自」的搭配上，「不」與「弗」的分佈是「互補的」。以下是幾例在「弗」句前後的「自」，以供讀者比較。

97 夫兵，猶火也；弗戢，將自焚也。(《左傳．隱公》)

98 君人執信，臣人執共。忠信篤敬，上下同之，天之道也。君自棄也，弗能久矣。(《左傳．成公》)

99 甲興，公登臺而請，弗許；請盟，弗許；請自刃於廟，勿許。

16 不同學者於「徒法不能以自行」看法有別，暫時附於此。

(《左傳·成公》)

100請囚、請亡，於是乎不獲，君又弗克，而自出也。(《左傳·昭公》)

「不」與「弗」與「自」的搭配，呈現「互補分佈」。「弗」不與「自（DH）2」互搭，帶致使性；而「不」可與「自（DH）2」共現，帶有自主與自發性。這種句法配置的互補分佈，是因*-t 後綴引起的區別。在致使的表現上，「自」比法相動詞「能」更為顯著。

7.6 結論

本章首先回顧前輩學者幾個有關「不」、「弗」的重要研究。大致上對「不」、「弗」的關照，可分三方面：其一，「不」、「弗」在句法的分佈如何。其二，「不」、「弗」有否搭配限制。其三，「弗」是否為「不+之」的合音，若否，又代表什麼。最後第三點，也是本章的重心。從另一方面來看，與「弗／不」具有相同的音韻差異的同源近義詞，也有相似的分工。我們可以利用這類「音韻平行性」來解答「弗／不」的兩個問題。一、「弗／不」的差異究竟是何種功能？二、「弗」是否為「不+之」的合音？本章要證實同樣是*-t，都指涉賓語，且不必然帶「之」。由是推論，「弗／不」的音韻區別來自於致使賓語的指涉，而非合音。

「不*pjəgx」與「弗*pjət」的聲母（起始輔音）、介音、主要元音都相同，唯一的差別是韻尾*-g／*-t。「弗」的韻尾為*-t，「不」則否。本文注意到有許多兩兩成對的同源詞或甚至諧聲字間，也有類似的關係。如果這些平行而成對的動詞，帶*-t 後綴者可接「受事名詞」，則這個音韻的平行性的指向就很清楚。上古漢語「動詞」有*-t

後綴，指示「致使標記」。

「枯」*khag 與「竭」、「渴」*khat 是一組音義相近的同源字，其差異在韻尾*-g／*-t 的不同。「枯」不與表達主觀意志的助動詞「欲」、「敢」、或貫徹意志的最終結果「可」，乃至禁制詞「毋」等搭配，但「渴」、「竭」卻可以。「豫」*lagh 與「說」、「悅」*luat 也是一組音義相關的同源詞，其差異在韻尾*-g／*-t。其中，「豫」只能作為狀態的陳述，而「說」及「悅」這類「作格動詞」，卻可以有使成用法。無論是「渴」、「竭」或「說」、「悅」的使成動詞裏，後接的名詞賓語不一定是代名詞，即使是後接「之」也不合音。這說明「枯」／「竭」、「渴」與「豫」／「說」、「悅」共有的*-t 後綴，是一個致使的賓語標記。

在《論語》、《孟子》、《左傳》文獻裏，有「不能」，也有「弗能」。那又代表什麼呢？我們利用動詞「救」來看是否與及物性相關。以《左傳》看來，不全然是及物性的問題。同時「弗能救」比「不能救」多了些局勢的主觀判斷，有時並非指涉能力可否勝任。

除了「能」的搭配，再者是利用「弗」、「不」與「自（DH）2」的搭配關係，來論證「致使性」。「弗」不與「自（DH）2」互搭，帶致使性；而「不」可與「自（DH）2」共現，帶有自主與自發性。這種句法配置的互補分佈，是因*-t 後綴引起的區別。在致使的表現上，「自」比法相動詞「能」更為顯著。

第八章
結論

最後我們來回顧一下本書的重心與開展，以及關心的焦點。第一章為方法論；第二章關心的是「諧聲關係」的運用；第三章關心的主題是「同族詞」對諧聲的補充；第四章關心的是如何尋找動詞「別」的形態變化；第五章則是「別」的命令式應該符合哪些要件；第六章關切的問題是與「弗」／「勿」平行的形態音韻；而第七章關切的則是與「不」／「弗」平行的形態音韻。原則上，除第一章外，每兩章為一個大的主題範疇，可以合參。以下依序介紹第二章至第七章處理的語言現象，以代結論。

8.1 以中古章系來源為例，談「諧聲關係」的「建構」(第二章)

「諧聲關係」向來是古音研究的主要憑藉。用諧聲字進行上古音的研究，最初的成績是在韻部的分合上，尤其是與詩文韻語研究互相參照校正。而不論是聲母或韻母的研究，一個很大的進展是由於音韻觀念或方法的轉變。並因此我們的學術期待也隨著研究方法的轉變而有別於以往。同聲符偏旁的字在中古具有不同音讀是個事實，那麼無論我們認定這些字在上古屬於同一個韻部與否，都必須要有一個合理適切的解釋。同理，聲類之間的關係或者構擬也是如此。本章討論以音韻問題為關注焦點時，「諧聲關係」在方法上的運用分成兩個層面：一是建構詞族內部的關聯性，二是建構古音系統音類之間的關聯性。

在本章第 2.1、2.2 節中說明在「建構諧聲關係」上我們所採取的觀點與方法，同時也思考諧聲關係裏可能呈現的構詞現象。其實無論是純粹的音韻現象或者是牽涉到構詞的詞彙音韻，我們關心的重點集中在音韻變化的問題。這兩節除了說明觀點與方法外，也做未來幾節討論的先行。

本章 2.3、2.4 兩節處理的是和中古章系來源有關的問題。從諧聲字的分布情況來說，第 3 節觀察到與章系諧聲的舌根音（見系字）以及與喻四諧聲的舌尖塞擦音（精莊系字）各有分布上的空缺。當章系或喻四的諧聲對象出現了分布上的空缺時，便顯示其間的諧聲條件其實不在章系或是喻四，而是在這些諧聲對象上。

而本章第 2.4 節關心的是音類之間在諧聲上所採取的平行行為模式，並據以討論這些音類在當時音韻系統內的適當位置。本章一二節觀察喻四與章系在諧聲行為上的平行，都有「喻三」這個空缺。之後觀察到喻四在與匣母四等諧聲與否的現象上，依據章昌母字的是否參與分成兩種類型。因此我們建議把見系字分為兩類，在上古時分別帶-l-與-lj-。除了*gl-演變為匣母四等之外，其餘的都是中古三等韻的來源。精系帶-lj-者也變成中古三等。我們更舉喻四與匣母的諧聲平行於邪母與匣母諧聲的現象進一步說明擬測的理由。

8.2 以原始漢藏語 *h-、*s-前綴為例，談「諧聲關係」與「構詞」（第三章）

諧聲字除了展現第二章所說的上古漢語音韻系統及其演變的軌跡外，極有可能保存上古或原始藏緬語構詞手段（比如構詞前綴）的痕跡。如果我們站在音韻的觀點上看這個現象，我們將同時注意到：這個構詞詞綴可能隨著這個構詞手段「能產性」的降低而日漸消亡。一旦如此，不禁令人關切：這個詞綴與同音節之內的其他音段互動關係如何？這個互動關係成為我們的關注與尋覓的焦點。在它失落前或者失落的同時會不會影響處於同音節的其他音段？如果這個詞綴消失而未留下任何音韻上的線索，我們又該如何構擬？

本章發現幾組「漢／緬」同源詞，從這些詞裏發現「原始漢藏語」*h-前綴（prefix）與*s-前綴應該是兩個不同的構詞法。我們結合了漢藏同源比較的知識，處理了*h-前綴與*s-前綴問題，思索該如何構擬諧聲裏觀察不到的構詞音韻現象。並從與後接輔音的互動不同這樣的觀點，將*h-前綴與*s-前綴加以區別。

緬語的證據顯示它們沒有先後演變的關係，可是*h-前綴（使名詞變成動詞）卻在古漢語幾乎不著痕跡地失落，跟*s-前綴在古漢語的表現有極大的區別。

倘若由漢語內部演變的情況來看，s-前綴與 h-前綴對聲母的影響不同：h-在不影響後面輔音的情形下消失；s-卻與後面的輔音合併演變入中古的擦音或者送氣的舌尖清塞音。

8.3 從上古漢語「句法分佈」，論漢藏語的「別」同源詞（第四章）

藏文動詞有「三時一式」而上古漢語沒有，這個現象有三種可能：一、上古漢語是存古的，保留著原始漢藏語的特徵，藏文的動詞變化是後起的。二、藏文是存古的，而上古漢語的這項構詞法消失了。三、藏文是存古的，只是上古漢語在文字化的過程將這套構詞法「隱而不見」了。本章與第五章利用「別」、「裂」、「悖」此組同源詞證實上古漢語也有同樣的構詞。換言之，『藏文是存古的』的「存古」，指的就是「原始漢藏語」的「三時一式」。

假使著眼於漢語的動詞「形態」，我們有些新構想。利用古漢語「作格動詞」的「使動及物」／「起動不及物」的交替著手，從符合語音對應關係去找句法分佈特徵相合者。典型上古漢語的「作格動詞」如「敗／敗」、「別／別」、「斷／斷」、「折／折」、「解／解」、「滅／威」、「現／見」、「長／長」、「滅」／「威」、「食」／「飼」等，常有著以語音的區別表示「使動及物」／「起動不及物」的交替。本節以「敗／敗」談起，看其中的語音與語法關連。古漢語「別」字為「作格動詞」，按理也要如「敗」字的分佈，從漢語句法結構裏，看得到「使動及物」／「起動不及物」的交替。因此，我們要證實「別」字有「使動及物」／「起動不及物」的交替。句法分佈一旦確立，即可從「規律對應」得知：上古漢語「別」字的兩個讀音，與藏文 N- brad；sbrad 為同源詞。

我們確認「別」與「裂」為同源詞，證據可由三方面說：一、「裂」從「別」得聲，這兩個字彼此間有諧聲關係。二、意義相同。三、由漢藏親屬語言（藏文、緬文）找到與「別、裂」對應的字，語言間的語音差異是成系統的、有規律的。本章則補入第四項證據，「別」與「裂」句法有著「平行」模式。首先，若「裂」字是「別」的同源形態之一，則「裂」與「別」本應有相同的「使動及物」／「起動不及物」交替。再者，我們注意到兩件事：(1)「裂」與「分裂」、「別」與「離別」的「分佈特徵」是相同的，都有著「及物／不及物」兩種用法。(2)「裂」、「別」採取相同的「複合方式」，兩者兼具「並列式」與「動補式」。這些一再證實了：「裂」、「別」是同一動詞的不同形態。

如果「別 1」／「別 2」是「使動及物」／「起動不及物」的交

替，那「裂」對應的又是藏文的哪個或哪幾個形態？此外，「別」與「裂」的語音關連是否合理？可以進一步細分三個問題：(1)「別」字的「及物／不及物」呈現「語音交替」，但同樣方式的交替卻不見於「裂」字？(2)「祭部入聲」的「裂」如何與藏文的完成式 brad 相對應？(3) 在漢語裏與完成式的相關的語音變化又是如何？這部分本章將由古藏文到書面藏語的形態音位，及上古漢語的音韻系統來解答。

8.4 從「漢藏語音對應」與「副詞的共存限制」，論漢藏語的「別」同源詞（第五章）

本章的假定是不同的副詞與動詞的某種特定形態彼此間有著共現或者互斥關係。所以只要設定好副詞類型，即可找到對應的動詞形態，例如「時間副詞」與動詞的時態有密切的連結等。我們在這章裏，看到除了與雙賓動詞「請」或「俾」的搭配外，否定副詞「毋」更能證實「悖」為「別、裂」的祈使式。當「悖」為「別、裂」的祈使式，而「毋」為「禁制詞」(否定副詞)，在結構上可以見到：一、「毋」與「悖」的共存。二、「毋」與「別、裂」的互斥。由「毋」與「悖」、「別、裂」的「互補分佈」，說明了「悖」是「命令式」。

音韻方面討論的重點有二，藏文動詞常以 a~o 交替做為「命令式」的方式，何以基式為 a 元音？其次，與其相對應的上古音形式共有四個可能：分別是*wə、*wa、*ua、*-agw，各有其聲母的搭配限制。本章從漢、藏兩個方向討論「悖」做為同源詞，是符合規律的。

本章從漢藏語音的「規律對應」，深化「悖」即是「別」、「裂」的「祈使式」。就「悖」與「別」、「裂」的字形，是看不出「悖」與「別」、「裂」的關聯的。而，「悖」之所以為「別」、「裂」的「祈使式」，關鍵不但在「句法分佈」，更在「語音對應」。

8.5 上古漢語否定副詞「弗」、「勿」的形態音韻（第六章）

本章主要論證三件事：首先，最重要的是從與「弗」、「勿」平行的否定詞「非」、「微」，及其他來自諧聲字群與同源詞的事證，而得*m-前綴。並且得到演變規律 1a～c，及其相關者 2a～c，如下：

規律 1a	*m- p-	（OC）	> *m-	（MC）
規律 1b	*m- ph-	（OC）	> *m-	（MC）
規律 1c	*m- b-	（OC）	> *m-	（MC）
規律 2a	*s- m-	（OC）	> *x-	（MC）
規律 2b	*s- b-	（OC）	> *p-	（MC）
規律 2c	*N- b-	（OC）	> *b-	（MC）

規律 1a-c 涵蓋的是所有兼與「曉」母、唇塞音「幫非、滂敷、並奉」母接觸的「明微」聲母字。這包括諧聲、同源、及本文討論的「非*p／微*m-」與「弗*p／勿*m-」等否定詞。規律 2a 是由雅洪托夫以來，不斷被學者關注的與「曉」母接觸的「明微」聲母字，如「黑／墨」等。規律 2b 表示的是「使動化」與「名謂化」的*s-前綴之音韻演變，如「別／別」、「敗／敗」等。規律 2c 則是相對於*s-的*N-前綴（即「自動詞」)，及其演變。

其次，*m-前綴可以解釋何以中古漢語「明微」聲母字既與「曉」母諧聲，又與「唇塞音」諧聲的事實。同樣的，也解釋了有一批「同源字」出現與諧聲平行的現象。

再者，從「非*p／微*m- < *m-p」與其語法分佈平行於「弗*p／勿*m- < *m-p」與其語法分佈，可知*m-前綴的功能。帶*m-前綴的「勿」、「微」是個後接及物動詞的否定副詞，帶有很強的主觀意志與主導性。相較之下，「弗」、「非」則是客觀的形勢判斷。

8.6 上古漢語否定副詞「不」、「弗」的形態音韻（第七章）

本章首先回顧前輩學者幾個有關「不」、「弗」的重要研究。大致上對「不」、「弗」的關照，可分三方面：其一，「不」、「弗」在句法的分佈如何。其二，「不」、「弗」有否搭配限制。其三，「弗」是否為「不+之」的合音，若否，又代表什麼。最後第三點，也是本章的重心。本章從音韻方面來看，與「弗／不」具有相同的音韻差異的同源近義詞，也有相似的分工。我們可以利用這類「音韻平行性」來解答「弗／不」的兩個問題。一、「弗／不」的差異究竟是何種功能？二、「弗」是否為「不+之」的合音？本章要證實同樣是*-t，都指涉賓語，且不必然帶「之」。由是推論，「弗／不」的音韻區別來自於賓語的指涉，而非合音。

「不 *pjəgx」與「弗 *pjət」的聲母（起始輔音）、介音、主要元音都相同，唯一的差別是韻尾 *-g／*-t。「弗」的韻尾為 *-t，「不」則否。本章注意到有許多兩兩成對的同源詞或甚至諧聲字間，也有類似的關係。如果這些平行而成對的動詞，帶 *-t 後綴者可接「受事名詞」，則這個音韻的平行性的指向就很清楚。上古漢語「動詞」有 *-t 後綴，指示「致使標記」。

「枯」*khag 與「竭」、「渴」*khat 是一組音義相近的同源字，其差異在韻尾*-g／*-t 的不同。「枯」不與表達主觀意志的助動詞

「欲」、「敢」、或貫徹意志的最終結果「可」，乃至禁制詞「毋」等搭配，但「渴」、「竭」卻可以。「豫」*lagh 與「說」、「悅」*luat 也是一組音義相關的同源詞，其差異在韻尾 *-g／*-t。其中，「豫」只能作為狀態的陳述，而「悅」及「悅」這類「作格動詞」，卻可以有使成用法。無論是「渴」、「竭」或「說」、「悅」的使成動詞裏，後接的名詞賓語不一定是代名詞，即使是後接「之」也不合音。這說明「枯」／「竭」、「渴」與「豫」／「說」、「悅」共有的*-t 後綴，是一個致使的賓語標記。

在《論語》、《孟子》、《左傳》文獻裏，否定詞可與法相動詞「能」搭配，有「不能」，也有「弗能」。那又代表什麼呢？我們利用動詞「救」來看是否與及物性相關。以《左傳》看來，不全然是及物性的問題。同時「弗能救」比「不能救」多了些局勢的主觀判斷，有時並非指涉能力可否勝任。

除了「能」的搭配，再者是利用「弗」、「不」與「自(DH)2」的搭配關係，來論證「致使性」。「弗」不與「自(DH)2」互搭，帶致使性；而「不」可與「自(DH)2」共現，帶有自主與自發性。這種句法配置的互補分佈，是因 *-t 後綴引起的區別。在致使的表現上，「自」比法相動詞「能」更為顯著。

參考文獻

一　專書

Abraham, Wener 2010 Unaccusative verbs in Chinese John Benjamins Publishing Company.

Baxter, William H.（白一平）1992 A Handbook of Old Chinese Phonology, Berlin: Mouton de Gruyter.

Bodman, Nicholas C.（包擬古）　潘悟雲、馮蒸譯　1995　《原始漢語與漢藏語》　北京市　中華書局

Fang-kuei Li and W. South Coblin 1987 A Study of The Old Tibetan Inscriptions《中央研究院歷史語言研究所》專刊之九十一

Klas Bernhard Johannes Karlgren 1957 Grammata Serica Recensa 南天書局　1996年

Paul K. Benedict（白保羅）; James A.Matisoff ed. 1972 Sino-Tibetan: A Conspectus Cambridge University Press.

P.K.本尼狄克特著　J.A.馬提索夫編　樂賽月、羅美珍譯　瞿靄堂、吳妙發校　1984　《漢藏語言概論》　中國社會科學民族研究所研究室

Sagart, Laurent 1999 The Roots of Old Chinese. Amsterdam: John Benjamins.

（清）段玉裁　1988　《說文解字注》　上海市　上海古籍出版社

王　力　1982　《同源字典》　臺北市　商務印書館

王　力　2003　《王力語言學論文集》　臺北市　商務印書館

王　力　1988　《漢語史稿》　《王力文集》　濟南市　山東教育出

版社

太田辰夫　1987　《中國語歷史語法》　北京市　北京大學出版社

全廣鎮　1996　《漢藏語同源詞綜探》　臺北市　臺灣學生書局

何琳儀　2003　《戰國文字通論訂補》　南京市　江蘇教育出版社

何琳儀　1989　《戰國文字通論》　北京市　中華書局

何琳儀　2004　《戰國古文字典——戰國文字聲系（上下）》　北京市　中華書局

何樂士　1989　《左傳虛詞研究》　北京市　商務印書館

李方桂　1980　《上古音研究》　北京市　商務印書館

李方桂、柯蔚南　2007　《古代西藏碑文研究》　《李方桂全集 9》　北京市　清華大學出版社

吳安其　2002　《漢藏語同源研究》　北京市　中央民族大學出版社

沈兼士　2004　《廣韻聲系》　北京市　中華書局

金理新　2002　《上古漢語音系》　合肥市　黃山書社

金理新　2005　《上古漢語形態研究》　合肥市　黃山書社

俞　敏　1984　《中國語文學論文選》　東京都　光生館

俞　敏　1999　《俞敏語言學論文集》　北京市　商務印書館

施向東　1999　《漢語和藏語同源體系的比較研究》　北京市　華語教學出版社

格西曲吉札巴　法尊、張克強等譯　1985《格西曲札藏文辭典》　北京市　民族出版社

馬建忠　1898　《馬氏文通》　臺北市　臺灣商務印書館

馬學良　1999　《民族語言研究文集》　天津市　中央民族大學出版社

馬學良主編　1991　《漢藏語概論（上下冊）》　北京市　北京大學出版社

馬學良等著　1994　《藏緬語新論》　天津市　中央民族學院出版社
張怡蓀主編　1998　《藏漢大辭典》　北京市　民族出版社
許世瑛　1973　《論語二十篇句法研究》　臺北市　臺灣開明書局
雅洪托夫　唐作藩、胡雙寶選編　1986　《漢語史論集》　北京市　北京大學出版社
黃布凡主編　1992　《藏緬語族語言詞彙》　天津市　中央民族學院出版社
黃金文　2000　《方言接觸與閩北方言演變》　國立臺灣大學中文所博士論文
黃金文　2001　《方言接觸與閩北方言演變》　國立臺灣大學　《文史叢刊》　一一六輯
梅祖麟　2000　《梅祖麟語言學論文集》　北京市　商務印書館
董同龢　1944　《上古音韻表稿》　《中央研究院歷史語言研究所集刊》單刊甲種之二十一　四川南溪李莊　國立中央研究院歷史語言研究所
楊伯峻、何樂士　2001　《古漢語語法及其發展》（修定本）　北京市　語文出版社
楊樹達　1954　《詞詮》　北京市　中華書局
趙秉璇、竺家寧　1998　《古漢語複聲母論文集》　北京市　北京語言文化大學出版社
潘悟雲　2000　《漢語歷史音韻學》　上海市　上海教育出版社
鄭張尚芳　2003　《上古音系》　上海市　上海教育出版社
魏培泉　2004　《漢魏六朝稱代詞研究》　臺北市　中央研究院語言學研究所
濮之珍　1990　《中國語言學史》　臺北市　書林出版公司
瞿靄堂、吳妙發校　1984　《漢藏語言概論》　北京市　中國社會科

學院民族研究所語言室
龔煌城　2002　《西夏語文研究論文集》　《語言暨語言學》專刊丙種之二上　臺北市　中央研究院語言學研究所備籌備處
龔煌城　2002　《漢藏語研究論文集》　《語言暨語言學》專刊丙種之二下　臺北市　中央研究院語言學研究所備籌備處
龔煌城　2011　《龔煌城漢藏語比較研究論文集》　《語言暨語言學》專刊系列之四十七　臺北市　中央研究院語言學研究所

二　期刊論文

A. G. 歐德利古爾　1954　馮蒸譯　1976-7　〈越南語聲調的起源〉收錄於《民族語文研究情報資料集》　第七集　中國社會科學院民族研究所研究室
Betty Shefts Chang（張蓓蒂）1971 The Tibetan causative: phonology《中央研究院歷史語言研究所集刊》42, 623～675
Chang, Betty Shefts and Kun Chang, 1976. The prenasalized stop initial of Miao-Yao, Tibeto-Burman and Chinese: a result of diffusion or evidence of a genetic relation 《中央研究院歷史語言研究所集刊》　第四十七本　第三分　頁 476～501
Chang, Kun 1977 The Tibetan Role in Sino-Tibetan Comparative Linguistics.《中央研究院歷史語言研究所集刊》　第四十八本　第一分　頁 93～108
DeLancey,Scott.1989. Verb agreement in Proto-Tibeto-Burman. Bulletin of the School of Oriental and African Studies 52: 315～333
Edwin George Pulleyblank 1962 The Consonantal System of Old Chinese, AsiaMajor 9(1962)：58～144；206～265
Fang-kuei Li 1976 Sino-Tai, Computational Analysis of Asian & African

Languages 3. 39～48

Fang-kuei Li 1933a Certain phonetic influences of the Tibetan prefixes upon the root initials,《中央研究院歷史語言研究所集刊》4,135～157

Fang-kuei Li 1933b Ancient Chinese –ung, -uk, -uong, -uok, etc. in Archaic Chinese,《中央研究院歷史語言研究所集刊》3,375～414

Hopper, Paul and Thompson, Sandra A.1980. Transitivity in Grammar and Discourse. Language Vol.56: 251～299

Hwang-Cheng Gong 1994 The First Palatalization of Velars in Late Old Chinese. In Matthew Y. Chen and Ovid J. L. Tzeng (eds), In Honor of Language Change 131～42 Taipei: Pyramid Press.

Hwang-Cheng Gong 1995 The System of Finals in Proto-Sino-Tibetan. Journal of Chinese Linguistics Monograph Series 8：41～92. Handel, Zev.

LaPolla,Randy, J. 1992. Anti-ergative marking in Tibeto-Burman. Linguistics of the. Tibeto-Burman Area 15.1：1～9

LaPolla,Randy, J.1992. On the Dating and Nature of Verb Agreement in Tibeto Burman. Bulletin of the School of Oriental and African Studies 55.2：298～315

LaPolla,Randy, J.1995. Ergative Marking in Tibeto-Burman. New Horizons in Tibeto-Burman Morpho-syntax (Senri Ethnological Studies 41), ed. by Yoshio Nishi, James A. Matisoff, & Yasuhiko Nagano, 189～228. Osaka: National Museum of Ethnology.

N. Bodman（包擬古）1980 Proto-Chinese and Sino-Tibetan, in F. Van Coestem & L. Waugh eds., Contributions to Historical Linguistics (Leiden, E. J. Brill).

Robert Shafer. 1974 Introduction to Sino-Tibetan [M].Otto Harrasowitz.

Stuart N.Wolfenden 1929 Outlines of Tibeto-Burman Linguistic Morphology [M]. The Royal Asiatic Society.

W. S. Coblin（柯蔚南）1976 Notes on Tibetan verbal morphology, T'oung Pao 62, 45～70

Zev Handel 2008 "What is Sino-Tibetan? Snapshot of a field and a language family in flux."Language and Linguistics Compass2.3（2008）：422～441

丁邦新　1994　〈漢語上古音的元音問題〉　《中國境內語言暨語言學》　第二期　頁 21～40

丁邦新　2000　〈漢藏系語言研究法的檢討〉　《中國語文》　第六期

丁邦新　2005　〈說「五」道「六」〉　《民族語文》　第三期

王靜如　1931　〈中台藏緬數目字及人稱代名詞語源試探〉　《中央研究院歷史語言研究所集刊》　第三本　第一分

丁聲樹　1948　〈論《詩經》中的「何」「曷」「胡」〉　《中央研究院歷史語言研究所集刊》　第十本

丁聲樹　1933　〈釋否定詞「弗」「不」〉　《慶祝蔡元培先生 65 歲論文集》　頁 967～996

李永燧　1984　〈漢語藏緬語人稱代詞探源〉　《中國語言學報》　第二期

李佐豐　1983　〈先秦漢語的自動詞及其使動用法〉　《語言學論叢》　第十輯　商務印書館

李佐豐　1989　〈左傳的使字句〉　《語文研究》　第二期

何大安　1992　〈上古音中的 *hlj- 及相關問題〉　《漢學研究》　第十期　頁 343～348

何樂士　2000　〈左傳否定副詞「不」與「弗」的比較〉　《第一屆國際先秦漢語語法會議論文集》　收錄於《古漢語語法研究論文集》　北京市　商務印書館

周生亞　2004　〈說「否」〉　《中國語文》　第四期

周生亞　1980　〈論上古漢語人稱代詞繁複的原因〉　《中國語文》　第二期

周法高　1963　〈評高本漢「原始中國語為變化語說」〉　收錄於《中國語文論叢》　臺北市　正中書局公司

周長楫　1999　〈廈門話疑問句末的「不」、「無」、「勿會」、「未」〉　收錄於《第五屆國際閩方言研討會論文集》　廣州市　暨南大學出版社

金守拙　1956　〈再論吾我〉　《中央研究院歷史語言研究所集刊》　28　頁273～281

洪惟仁　2000　〈古漢語人稱代詞的演變與格變化〉　《第十八屆中國聲韻學學術研討會論文》　頁361～378

柯蔚南、俞觀型譯　1984　〈藏語動詞的形態變化〉　收錄於《民族語文研究情報資料集》　第三集　中國社會科學院民族研究所研究室

胡　適　1993　〈吾我篇〉　《胡適文存》　卷二　1921年　收錄於姜義華編　《胡適學術文集——語言文字研究》　北京市　中華書局

胡　適　1993　〈爾汝篇〉　《胡適文存》　卷二　1921年　收錄於姜義華編　《胡適學術文集——語言文字研究》　北京市　中華書局

格桑居冕　1982　〈藏語動詞的使動范疇〉　《民族語文》　第五期

徐　丹　2007　〈也論「無」、「毋」〉　《語言科學》　第三期

徐通鏘　1998　〈自動和使動：漢語語義句法的兩種基本句式及其歷史演變〉　《世界漢語教學》　第一期　頁 11～21
馬忠建　1999　〈西夏語的否定複加成分和否定形式〉　《民族語文》　第二期
陳保亞　1998　〈百年來漢藏語系譜系研究的理論發展〉　《語言學論叢》　第廿一輯　商務印書館
梁玉璋　1999　〈否定詞「伓」〉　《第五屆國際閩方言研討會論文集》　廣州市　暨南大學出版社
張玉金　2005〈論甲骨文不和弗的使用與動詞配價關係〉　《中央研究院歷史語言研究所集刊》　第七十七本　第二分
張玉金　2005　〈甲骨文不和弗語義指向方面的異同〉　《語言研究》　第四期
張麗麗　2005　〈從使役到致使〉　《臺大文史哲學報》　第六二期　頁 119～152
黃布凡　1981　〈古藏語動詞的形態〉　《民族語文》　第三期
黃布凡　1991　〈藏緬語的情態范疇〉　《民族語文》　第二期
黃布凡　1997　〈原始藏緬語動詞后綴~*-s 的遺跡〉　《民族語文》　第一期
黃布凡　2000　〈羌語的體范疇〉　《民族語文》　第二期
黃布凡　2002　〈羌語構詞詞綴的某些特征〉　《民族語文》　第六期
黃布凡　2004　〈原始藏緬語動詞使動前綴 *s-的遺跡〉　《南開語言學刊》　第二期
黃金文　1997a　〈「創新」之間－從博山方言論「入聲演變」、「方言分群」以及「變調即原調」〉　「第十五屆中華民國聲韻學學術研討會」　國立彰化師範大學

黃金文　1997b　〈論「創新」為分群的基礎〉　「國立台灣大學中文所研究生學術研討會」　國立臺灣大學

黃金文　1998　〈「創新」之間──從博山方言論「入聲演變」、「方言分群」以及「變調即原調」〉　《聲韻論叢》　第七輯　臺北市　學生書局

黃金文　1999　〈「諧聲關係」的「建構」──以中古章系來源及其他問題為例〉　第六屆國際暨第十七屆中華民國聲韻學學術研討會

黃金文　2000　〈方言接觸中的規律面向－從音變規律的「條件項」論閩北方言陽平乙調清化送氣音〉　「第十八屆中華民國聲韻學學術研討會」　私立輔仁大學

黃金文　2001a　〈方言接觸中的規律面向──從音變規律的「條件項」論閩北方言陽平乙調清化送氣音〉　《聲韻論叢》　第十輯　臺北市　學生書局

黃金文　2001b　〈閩北方言聲母層次〉　「第七屆閩方言國際研討會」　廈門大學

黃金文　2003　〈「異讀」與「系統性參照」──海南島漢語山攝-ng韻尾的形成〉　「第八屆國際閩方言研討會」　海南大學

黃金文　2007a　〈「諧聲關係」的「建構」──以中古章系來源及其他問題為例〉　《清華學報》　新37卷2期

黃金文　2007b　〈論三亞與港門山攝ŋ韻尾的形成〉　《新竹教育大學語文學報》　14期

黃金文　2012　〈從漢、藏比較論上古漢語「魚歌通轉」〉　待刊稿

湯廷池　2002　〈漢語複合動詞的使動與起動交替〉　《語言暨語言學》　第三期　頁615～644

梅祖麟　2007　〈漢藏比較研究和上古漢語詞彙史〉　未刊登

梅祖麟　2008　〈上古漢語動詞濁清別義的來源——再論原始漢藏語~*s-前綴的使動化構詞功用〉　《民族語文》　第三期
梅祖麟　1980　〈四聲別義中的時間層次〉　《中國語文》　第六期　頁 427～443
梅祖麟　1989　〈上古漢語 s-前綴的構詞功能〉　《中央研究院第二屆國際漢學會議論文集》　語言與文字組　臺北市　中央研究院　頁 23～32
梅祖麟　2010　〈康拉迪（1864～1925）與漢藏語系的建立〉　《漢藏語學報》　第四期　頁 1～19
梅祖麟　1988　〈內部構擬漢語三例〉　《中國語文》　第三期　頁 352～376
孫宏開　1985　〈藏緬語複輔音的結構特點及其演變方式〉　《中國語文》　第六期
孫宏開　1996　〈論藏緬語動詞的語法形式〉　《民族語文》　第二期
孫宏開　1997　〈論藏緬語動詞的命令式〉　《民族語文》　第六期
孫宏開　1998　〈論藏緬語動詞的使動範疇〉　《民族語文》　第六期
孫宏開　1993　〈試論藏緬中的反身代詞〉　《民族語文》　第六期
孫宏開　1994　〈再論藏緬中動詞的人稱範疇〉　《民族語文》　第四期
孫宏開　1995　〈藏緬中人稱格範疇研究〉　《民族語文》　第二期
楊樹達　1937　〈讀左傳小箋〉　《清華大學學報》　自然科學版　第二期　頁 257～296
楊樹達　1935　〈古音對轉疏證〉　《清華學報》　第十卷　第二期　頁 311～358

楊秀芳　2001　〈從漢語史的觀點看解的音義與語法性質〉　《語言暨語言學》　第二期　頁 261～297

劉承慧　2006　〈先秦漢語的受事主語句和被動句〉　《語言暨語言學》　第四期　頁 825～861

蔣紹愚　2001　〈內動、外動和使動〉　《語言學論叢》　第廿四輯　北京市　商務印書館

瞿靄堂　1985　〈藏語動詞屈折形態的結構及其演變〉　《民族語文》　第一期

瞿靄堂　1988　〈論漢藏語言的形態〉　《民族語文》　第四期

瞿靄堂　1965　〈藏語的複輔音〉　《中國語文》　第六期

魏培泉　2003　〈上古漢語到中古漢語語法的重要發展〉　《古今通塞：漢語的歷史與發展》　第三屆國際漢學會議論文集　臺北市　中央研究院言學研究所籌備處

魏培泉　2006　〈臺灣五十年來漢語歷史語法研究述評〉　《五十年來的中國語言學研究》　臺北市　臺灣學生書局

魏培泉　1983　〈「弗」、「勿」拼合說新証〉　《歷史語言研究所集刊》　第一期　頁 121～215

魏培泉　1989　〈說中古漢語的使成結構〉　《歷史語言研究所集刊》　第四期　頁 807～856

羅秉芬、安世興　1981　〈淺談歷史上藏文正字法的修訂〉　《民族語文》　第二期

龔煌城　1990　〈從漢藏語的比較看上古漢語若干聲母的擬測〉　《西藏研究論文集》　第三期　頁 1～18

三　其他

中國哲學書電子化計劃　線上圖書館　正字通

http://ctext.org/library.pl?if=gb&res=1540
中央研究院語言學研究所「上古漢語標記語料庫」http://db1x.sinica.edu.tw/cgi-bin/kiwi/akiwi/akiwi.sh?ukey=-141508598&qtype=-1
中央研究院資訊科學研究所文獻處理研究室「漢字構形資料庫」
http://cdp.sinica.edu.tw/cdphanzi/
國立臺灣大學中國文學系和中央研究院資訊科學研究所「漢字古今音資料庫」http://xiaoxue.iis.sinica.edu.tw/ccr/
教育部「《異體字字典》」
http://dict.variants.moe.edu.tw/
東方語言學網「上古音查詢」
http://www.eastling.org/oc/oldage.aspx
《說文解字》全文檢索測試版
http://shuowen.chinese99.com
何大安、黃金文　1997　《「上古音」筆記》(課程講義及筆記)
龔煌城、黃金文　1998　《「漢藏語概論」筆記》(課程講義及筆記)

語言文字叢書 1000003

從漢藏比較論上古漢語內部構擬

作　　者　黃金文
責任編輯　吳家嘉
　　　　　游依玲

發 行 人　林慶彰
總 經 理　梁錦興
總 編 輯　張晏瑞
編 輯 所　萬卷樓圖書股份有限公司
　臺北市羅斯福路二段 41 號 6 樓之 3
　電話 (02)23216565
　傳真 (02)23218698

發　　行　萬卷樓圖書股份有限公司
　臺北市羅斯福路二段 41 號 6 樓之 3
　電話 (02)23216565
　傳真 (02)23218698
　電郵 SERVICE@WANJUAN.COM.TW
香港經銷　香港聯合書刊物流有限公司
　電話 (852)21502100
　傳真 (852)23560735

ISBN 978-957-739-771-3
2012 年 9 月初版
定價：新臺幣 260 元

如何購買本書：
1. 劃撥購書，請透過以下郵政劃撥帳號：
　帳號：15624015
　戶名：萬卷樓圖書股份有限公司
2. 轉帳購書，請透過以下帳戶
　合作金庫銀行 古亭分行
　戶名：萬卷樓圖書股份有限公司
　帳號：0877717092596
3. 網路購書，請透過萬卷樓網站
　網址 WWW.WANJUAN.COM.TW
大量購書，請直接聯繫我們，將有專人為您服務。客服：(02)23216565 分機 610

國家圖書館出版品預行編目資料

從漢藏比較論上古漢語內部構擬 / 黃金文著.
-- 初版. -- 臺北市 : 萬卷樓, 2012.09
　面 ;　公分. -- (語言文字叢書)

ISBN 978-957-739-771-3(平裝)

1.漢語 2.藏語 3.比較語言學

801.82　　101018326